빛은 달린다

빛은 달린다

김하라 소설

사과나무

빛은 달린다

초판 1쇄 발행 2018년 12월 20일

지은이 김하라
펴낸곳 도서출판 사과나무
펴낸이 권정자
등록번호 1996년 9월 30일(제11-123)
주소 경기도 고양시 덕양구 충장로 123번길 26, 301-1208
전화 (031) 978-3436
팩스 (031) 978-2835
이메일 bookpd@hanmail.net
블로그 http://blog.naver.com/giruhan
트위터 @saganamubook

ISBN 978-89-6726-036-1 03810

* 값은 뒤표지에 있습니다.
* 이 도서는 2018 경기 히든작가 공모전 당선작입니다.

이 도서의 국립중앙도서관 출판시도서목록(CIP)은 서지정보유통지원시스템 홈페이지(http://seoji.nl.go.kr)와 국가자료공동목록시스템(http://www.nl.go.kr/kolisnet)에서 이용하실 수 있습니다.(CIP제어번호: CIP2018035984)

•

뼈도 부러지면 다시 붙기 마련인데,

영혼은 한번 금이 가면

회생 불가능하다는 점이 이해되지 않았다.

언제부터 어둠이 사라진 걸까.

곧 얼마나 많은 햇발을 퍼뜨리려 그 어둠을 몰아낸 걸까.

매일 아침,

해가 나를 만나기 위해 지나온 별들의 길을 알지 못한다.

다만 내가 알고 있는 것은 낮과 밤의 경계에는 새벽이 있고,

태양은 새벽의 길이와 관계없이

언제나 우리를 찾아온다는 것이다.

*

그곳에 어둠은 없었다. 낭떠러지 같은 침묵과 과묵한 희망뿐이었다. 욕조에 물을 가득 채운 여자가 그 안에 몸을 뉘었다. 검은 머리칼이 물 위를 부유했다.

그녀는 반반한 여자들의 얼굴을 떠올렸다. 돌아선 최 선생이 몸을 떨었고, 은영이 잘 지내냐 물었다. 혜림은 치를 떨며 욕조에 기댄 등을 떼내었다.

"…잘못 생각했어."

끝을 내지 못했다는 점에서 보면 실망스러웠다. 더 그만둘 수 없었다.

"눈을 감는 거로는 안됐던 거야."

어둠에 적응된 빛마저 틈에 들어가서는 안 된다. 그녀는 눈꺼풀과 눈밑 살을 막을 방법에 대해 생각했다. 머릿속까지 검게 만드는 것이 그녀의 목적이었다. 빛을 흡수하는 검은색이면 더 바랄 게 없었다.

벌거벗은 몸이 파동을 일으키며 세워졌고, 잔잔했던 물은 타일 바닥을 향해 떨어졌다. 혜림은 물방울이 추락하는 소리를 욕조 한가운데 선 채로 집중해 들었다.

잠깐뿐이었지만 몸의 무게를 오롯이 견뎠을 그녀의 도드라진 척추 뼈가 발갛게 변해 있었다. 하지만 그녀뿐인 집에서, 그 어두운 집 안에서, 아무도 붉게 변한 살을 볼 수 없었다.

*

오후의 노을이 운동장을 쏜살같이 가로지르고 들어와 책상 위에 납작 엎드려 있다. 나는 허리를 세우고 앉아 쏟아져 있는 빛에 시선을 두었다. 언제부터 시작된 것인지 모르는, 굳이 습관이라 말하기도 거창한 몸의 반복. 기억할 수 없어 앉아 있을 뿐이고, 앉고 있기에 앞으로도 그럴 별볼일 없는 습관 같은 것이었다.

"국어 선생님, 퇴근 안 하세요?"

멍한 고갯짓으로 소리가 난 곳을 바라보았다.

"해야죠. 이제 곧 가려고요."

어리고 앳된 얼굴에서 그녀의 짧은 교직생활이 느껴

졌다. 나는 저맘때 어땠더라. 기억을 펼치기 귀찮다. 머릿속을 도로 덮는다.

"뭘 그렇게 보세요, 선생님?"

"밖이요. 빛이 예뻐서."

"저도 같이 봐도 돼요?"

이 시시한 일에 굳이 왜 동참하려는 걸까. 고개를 끄덕이자 최 선생은 바퀴가 달린 의자를 당겨 가까이 앉았다. 그때 길게 뻗은 빛줄기가 눈을 지났는지 그녀는 얼굴을 찡그렸다.

"안 선생님 자리에 햇빛이 너무 많이 들어와요. 모니터 보실 때 좀 불편하시겠는데요?"

"글쎄. 내 눈은 이제 적응이 된 것 같아요."

"지금 몇 시지? 아, 곧 해가 지려 해서 그런가 봐요."

그녀는 햇빛을 피하려고 상체를 비스듬히 세우고 앉아 있었는데, 더 이상 참기 힘들었는지 허벅지 아래로 의자를 쥐고 이리저리 움직였다. 적당한 장소를 찾고 나서야 고막을 긁던 바퀴 소리가 물러갔다.

"아마 저 독서실 건물에서 반사되는 빛일 거예요."

나는 먼 곳을 가리키며 말했다.

"저기 옥탑방이 보이는 건물요?"

"아니요. 회색 건물에 아무것도 없는 옥상이 있는 곳."

최 선생은 의자에서 일어나 고개를 돌리다 방금 전 내가 가리킨 곳에 손가락질을 했다.

"저기 말씀하시는 거죠? 공원 입구 옆 건물."

"맞아요. 원래 곧장 오는 빛보다, 반사된 빛이 더 눈부시잖아."

"아닐걸요? 이론상으로는 빛이 반사되고 나면 더 흐려지는 거로 알고 있는데…."

"사실 그냥 내 생각이었어요. 뭐든 한 번 부딪히거나 꺾이고 나면 강해지는 법이잖아."

나는 그녀의 반응을 살피며 옅은 미소를 띠웠다.

"국어 선생님다운 감성이세요. 무슨 말씀이신지 알 것 같아요. 고생한 사람들이 고난에 더 강하다, 그래서 더 뜨겁다 이런 뜻 같은데."

가끔 내가 하는 말이 사람들에게는 이렇게 느껴질 수도 있겠구나. 나는 수학 선생의 거창한 해석이 거북스러웠다.

"최 선생, 내가 하는 말에 의미를 찾지 않아도 돼요. 나는 점점 무심코 내뱉는 말이 생각하고 뱉는 말보다 많아지는 나이거든."

내 입에서 나간 말에 늦은 동의를 한다? 나이가 들어 좋은 점은 입이 머리를 앞질러 나갈 때 수긍할 만한 것을 찾을 수 있다는 것이다. 마치 길가에 떨어진 것들 중 쓸 만한 것을 얻는 기분이었다.

"에이! 선생님처럼 동안이신 분이 어디 계세요. 처음에 선생님 뵈었을 때 제 사촌 언니 또래로 보이셨다니까요?"

나이에 관한 칭찬보다 기분 좋은 것은 없다. 미소를 짓지만 로션도 바르지 않은 피부가 퍼석하게 당겼다.

"그럼 이 언니가 재밌는 거 하나 더 알려줄까?"

오랜만의 잡담에 나는 들떴는지도 모른다.

“사람들은 잘 모르지만 계절마다 빛의 힘이 달라요. 봄에는 저만치만 있던 그늘이 여름방학을 지나고 오면 계단까지 와 있어. 가을에는 교무실까지 들어오고.”

“겨울에는요? 겨울에도 제 자리까지 안 와요? 저는 너무 눈부신 건 싫더라고요.”

그 나이에는 그럴 수 있지. 나는 하려던 말을 이어나갔다.

“걱정 마요. 거기까지는 못 가니까. 내 기억으로는 지금 수학 선생님이 앉아 있는 자리까지만 와. 1년을 열심히 왔는데 결국 이게 다야. 짠하게.”

“짠하다고요?”

세상에 짠한 게 사람만 있으려고. 뒤뜨는 그녀에게 오만함을 느꼈다.

“이 자리에서 오랫동안 빛줄기를 봐서 그런지 난 꼭 애쓰는 걸로 보이더라.”

이쯤에서 그만뒀어야 했다. 미간을 찌푸린 최 선생의 얼굴을 못 봤더라도, 허리를 제 쪽으로 당길 때부터 말이다.

"아니다. 나 뒤늦게 가을 타나? 이것 봐. 생각 없이 하는 말이 더 많다니까. 최 선생, 나는 이만 약속이 있어서 가봐야겠다. 내일 봐요."

"네. 오늘도 고생 많으셨습니다, 안 선생님."

그녀는 흐트러지지 않는 몸가짐으로 의자에서 몸을 일으켰다. 동그란 의자를 원래 있던 곳에 두고, 자신의 자리로 향하는 그녀에게 나는 눈인사를 보냈다. 서랍 맨 아래 칸에 넣어두었던 핸드백 속의 휴대폰과 핸드크림을 확인하는 것도 잊지 않았다. 나는 정말 여기서 멈췄어야 했다. 주위를 돌아보는 게 아니었다. 최 선생을 보려는 것도 아니었는데 왜 그녀를, 왜 하필 그러고 있는 모습을 봐버린 것일까. 몸을 떠는 그녀의 움직임에는 달라붙은 것을 떼어내려는 의도가 가득했다. 최소한 불쾌함을 떨치려는 것은 분명했다. 나는 빛에 대해 늘어놓은 설파가 후회스러워 견딜 수 없었다.

열심히 단어를 뱉던 혀에서 역한 냄새가 났다. 입술을

달싹인 나는 햇볕이 닿는 볼에 손을 올렸다. 툭 튀어나온 광대뼈에서 열감이 느껴졌다. 이런 나를 누군가 보고 있지는 않을까? 창문의 커튼을 쳤다. 나는 어깨에 멘 가방 손잡이를 꽉 쥐고, 서둘러 교무실 밖을 나섰다.

*

해가 사라지고 난 후 찬기가 어깨를 감싸는 저녁. 허겁지겁 학교를 빠져나온 나는 주머니에 손을 말아 쥐고 걸었다. 마냥 어리기만 한 수학 선생의 언짢은 얼굴이 떠올라 기분이 몹시 나쁘다는 걸 뒤늦게 깨달은 다음이었다. 답답한 천 안에 갇힌 손에서는 끈끈한 땀이 배어 나오고 있었다.

오늘은 대학 동창인 지수와 은영을 만나는 날이다. 걷고 있는 길 끝, 오크색 외벽에 짙은 녹색 문이 있는 레스토랑이 약속 장소였다. 세 개의 야트막한 계단을 올라 끈적해진 손으로 금속성의 손잡이를 감았다. 손금에 고여 있던 물기가 찬기를 뼛속까지 흡수하는 것만 같았다.

가장 안쪽에 앉아 있던 친구들이 내 이름을 불렀다. 나는 그들을 향해 걸어 들어가면서 손을 흔들었다. 새로운 장소, 섞이는 낯선 소리 때문일까? 눈인사 속에서 약간의 어지러움을 경험한다. 예전에 가까웠던 이들을 만날 때 느끼는 아릿한 낯섦이 통증처럼 내 몸을 지배할 때 나는 당황하고 표정을 숨기기가 겁이 난다. 나는 나를 타일러야 했다. 아무렇지 않은 척 웃으며 자리에 앉는 데까지 성공했다. 이 정도의 연기면 들키지 않았겠지만, 고개는 죄를 진 사람처럼 아래로 향한다.

"오는데 힘들지 않았어?"

"응. 요새 스마트폰도 있는데 길 찾는 게 어렵지 않지."

웃음 끝에 겨드랑이에 땀이 돋았다. 카디건을 벗어 무릎 위에 가지런히 올려놓았다. 공중에서 지수와 눈이 마주쳤고, 나는 안부를 물었다.

"아기는 잘 크고 있지? 그나저나 너 얼굴이 아주 홀쭉해졌다. 다이어트했어?"

오랜만에 만난 여자들끼리 살이 빠졌다는 칭찬은 빼놓지 않는다. 보통 내가 하는 첫 번째 질문이다.

"다이어트할 시간이라도 있으면 좋겠다. 애 셋 키우는 게 자동 다이어트지 뭐. 눈뜨고 눈 감을 때까지 애들한테 손이 모자라도 너무 모자라. 큰애 학교 보내고 나면 둘째 보낼 준비해야 하는데 그때가 딱 막둥이 일어나는 타이밍이야. 전쟁이 시작되는 순간이지."

지수의 깊게 팬 볼과 웃을 때 두드러지게 보이는 눈가의 주름은 행복과 노고를 동시에 말해 줬다. 그녀에게서 변하지 않은 건 이야기를 떠들 때 듣는 사람의 귀를 피곤하게 하는 목소리였다. 가만히 앉아 체청하고자 하면, 숨이 찰 정도였다. 나와 은영은 메뉴판으로 얼굴의 반을 가리며 티 나지 않게 집중하지 않으려 노력했다. 잊고 있었지만 그 싫증나는 행동에 몸이 기억하는 반응이었다.

"너희 솔직히 말해서, 우리 신랑이 어디 나 도와준다는 이야기 들었어? 독박 육아도 이런 독박 육아가 없어. 솔직히 애들이야 눈에 넣어도 안 아플 만큼 예쁘지만,

내 인생이 없어졌다는 게 서글퍼. 잠 한번 시원하게 자는 것도 어렵고, 노산으로 몸은 축나고. 이 와중에 늙은 남편 병 나지 말라고, 음식까지 해다 바치고 있으니 솔직히 벅차다니까. 병원에 입원이라도 해야 내가 좀 쉴 수 있으려나?"

은영도 지수의 화법이 괴로웠는지, 희미한 웃음을 건네 보이며 결정한 메뉴를 말했다. 지수는 그제야 자신의 과한 말투에 지친 친구들이 보인 건지 내 눈을 의식하며 어색한 눈웃음을 지었는데, 그 웃음은 눈주름을 있는 그대로 만드는 행위에 불과했기 때문에 짜증을 솟구치게 했다. 이럴 때에는 은영의 차분함이 필요하다.

"현석 씨랑은 잘 지내고 있지?"

그녀는 새로운 애인이 생겼으니 질문을 하나 던지면 꽤 긴 답변이 나올 것이다. 현석 씨는 은영의 3년 된 남자친구이다. 그는 은영이 이혼 후 만난 세 번째 남자친구이기도 했다. 그렇다. 은영도 나와 지수처럼 결혼을 했었다. 그러나 그녀의 이혼은 나와 지수에게도 커다란 상처가 되어, 지금까지 아무도 그녀의 짧았던 결혼생활에 대해 입을 열지 않았다. 특히 얼굴을 마주보는, 음식이 있는 테이블에서 이 암묵적인 규칙은 절대적이었다. 그녀에게는 오로지 현재와 미래만 있었다. 이미 오래 전의 일이라 상처를 회복한 듯 보였지만, 가끔 은영은 자신의 일부분을 아직 되찾지 못한 듯 보였다. 젊음이나 생기를 말하는 것이 아니다. 어딘가 생김새만 닮아 은영인 척을 하는 여자가 친구라며 우리의 곁을 지키는 것 같달까. 가끔 어딜 보는지 모르는 공허한 눈빛에서 특히 그랬다.

결혼에 실패하는 게 더 이상 흠이 아닌 시대지만 은영은 남자친구들에 관한 얘기를 할 때면 손에 마시지도 않는 빨대를 쥐고 휘저었다. 지금도 마찬가지였다. 컵 안에 소용돌이를 만드느라 바쁜 손. 나는 은영의 전남편을 떠올려 보았다. 흐릿했던 얼굴이 세월의 먼지를 털어내며 윤곽을 찾았다.

그는 나와 지수에게 이룰 수 없는 사랑의 대상과도 같았다. 물론 이 말이 친구의 애인을 사랑했다는 뜻은 아니다. 그는 여대 앞에 스포츠카를 끌고 와 라이방 선글라스를 끼고 차에 앉아 은영을 기다리곤 했다. 남자답게 눈썹이 진하고 뚜렷한 이목구비는 그 무심한 태도와 만나 매력을 증폭시켰다. 은영과의 6살 나이 차이를 고려하더라도 그는 상대방을 편안하게 만들어주는 능력이 있었다. 그래서 늘 어딘가 긴장해 있고 예민했던 은영이 그에게 사랑을 느낀 것은 자연스러운 일이었다. 이성 교제에 경험이 없던 지수와 나는 은밀히 은영의 전남편을 이용해 연애에 관한 이미지를 구현시켰는지도 모른다.

그 둘은 은영이 대학을 졸업한 해 늦가을이 되자 결혼식을 올렸다. 그런데 '결혼식을 올렸다'는 말보다는 '함께 살기로 했다'라는 표현이 더 맞다. 일찍 부모님의 이혼으로 친척 집을 전전하다 대학 시절부터 따로 나와 살았던 은영의 방 한 칸짜리 보금자리에 그가 이사 오는 것으로 결혼이 시작되었기 때문이다. 그의 부모는 꽤나 완강했다. 불우했던 환경에서 자란 며느리는 아들에게 완벽한 가정을 줄 수 없다는 발상에서 시작한 고집이었다. 초라한 결혼생활의 시작은 양쪽 집안의 경제적 도움 없이 살림을 꾸려나갈 수밖에 없어 하게 된 어쩔 수 없는 선택이었다.

나는 현석에 대해 이야기를 하는 은영을 바라보다 그녀의 신혼집으로 초대되었던 날을 떠올렸다. 눈이 많이 내리던 어느 겨울날. 둘은 서류상 부부가 된 날이라며 우리를 불렀다. 가뜩이나 비좁은 방에 남자의 짐까지 빽빽하게 들어와 있으니 상을 펴고 네 사람이 앉기에 턱없이 비좁았다. 나는 지수의 얼굴에 섞였던 실망 섞인 놀라움을 지금도 기억한다. 우리가 돌아갈 때까지 웃는 얼굴이었던 은영과 전남편의 표정도 생생하다. 드디어 단 하나의 인연을 만났다는 안도감과 환희가 둘의 얼굴에 담겨 있었다. 그와 은영의 이마를 짚으며 내려온, 떠다니는 먼지를 비출 정도로 투명했던 일광도 나는 사진처럼 기억하고 있다. 덕분에 어렴풋이 결혼이라는 것의 이미지를 만들 수 있었다. 나도 그거면 될 것 같았다. '끝까지 함께한다'라는 결연하고 숭고한, 눈물이 날 정도로 달콤한 사탕을 입안에 넣은 기분이었다.

그렇지만 그날의 교훈과는 달리 안타까운 일이 일어나고 말았다. 은영과 눈썹이 진했던 남자는 평생을 함께 하고자 했던 약속을 깨뜨리고 그 초라한 방을 나와 영원히 다른 곳에서 살게 되었다.

"지난주에 둘이 서울에서 가까운 곳으로 여행 다녀왔어."

"어디? 나는 한 달 전쯤인가? 애들 친정엄마한테 맡기고, 애들 아빠랑 춘천에 다녀왔는데."

지수가 그새를 못 참고 끼어들었다. 나는 미간에 힘이 들어가는 걸 막지 못했다.

"춘천? 나도 춘천 다녀왔는데. 너는 어땠니? 너무 상업적으로 변한 것 같아서 옛날보다 난…."

시큼한 피클을 입에 물어서일까? 아니면 춘천 땅에서 눈썹이 진했던 남자에게 준 순결이 이제 와 억울해진 걸까. 말을 끝내지 못하는 은영을 물끄러미 바라보았다.

"난… 그러니까 너무 많이 변한 것 같아서, 좀 별로였어."

은영은 기어코 마침표가 명확하게 찍혀 있는 감상평을 내놓았다. 그녀의 마침표는 조금 전 내가 머릿속에서 떠올렸던 물음표와 같은 색깔이었다. 떨리는 목소리에서 확신할 수 있었다.

"혜림이는?"

은영은 물 잔을 손에 쥔 채 나에게 물었다.

"응?"

갑작스러운 그녀의 질문에 입에서 반문이 튀어나왔다.

"요즘은 좀 괜찮아? 보기에는 좀 나아진 것 같은데."

"맞아. 밝아진 것 같아서 다행이야."

거슬리는 목소리로 지수까지 합세한 통에 이해하기 어려웠다.

"아니, 뭐가?"

순간 나는 의자에 앉은 채로 뒤로 뺑 차여 밀려나는 기분이 들었다. 한없이 뒤로, 소리도 빛도 없는 곳으로 곧장. 난데없이 날아온 주먹에 맞으면 이런 기분일까? 부딪힌 친구들의 눈빛이 얼얼하게 가슴으로 이동했다. 이 왈칵 올라오는 설움은 대체 무엇이란 말인가. 나는 오랫동안 눈을 감았다가 떴다. 출처도 불분명한 감정에 나는 앉은 채로 휘청거렸다. 앞니로 아랫입술을 세게 물었다. 피맛이 마른 입안에 번졌다.

요즘이라니? 그럼 그 전에는 나한테 무슨 일이라도 있었나? 이건 내가 예민하게 구는 것이 아니다. 분명 은영의 물음에는 적의와 위로의 냄새가 섞여 있었다고! 제 부모의 경제적 지원을 따라간 전남편에 대한 기억이 나에게 적의의 불똥으로 튀긴 건가? 그럼 위로는? 나를 향한 이 위로는 어디에서 출발한 거지? 나는 테이블 위에 있던 손을 아래로 내렸다. 아무것도 잡히지 않았다. 다시 손을 올려 보았을 때는 축축한 손에 먼지들이 잔뜩 붙어 있었다.

'좋아'라는 짧은 대답이 입에서 나와 흩어졌다. 하지만 무슨 뜻인지도 모르고 뱉은 '좋다'라는 말은, 오히려 은영과 지수의 귀에 들어간 후 뚜렷한 것으로 바뀔 것만 같아 소름 끼치게 두려웠다. 제발 내 쓸데없는 생각이기를. 최 선생이 나와의 대화를 불편해 했다는 걸 뒤늦게 알아서, 그래서이기를. 나는 화제를 바꾼 그녀들이 대화를 나누는 사이 식기 옆에 둔 냅킨을 펴 땀에 젖은 손을 닦아냈다.

그 후에는 예의상 받아둔 와인 잔으로 계속 입을 축였다. 물로는 해결되지 않았던 갈증이 쌉싸름하고 달콤한 와인이 해결해 주는 것만 같았다.

결국 밤 9시가 다 되어갈 무렵 나는 조금 취한 상태가 되고 말았다. 우리 셋은 레스토랑을 나와 정류장을 향해 함께 걸었다.

아까 레스토랑으로 온 길이 이렇게 복잡했나. 걸어가는 이 길이 그 길이 맞으려나. 줄지어 있는 가로등 불빛이 먼 하늘의 별자리처럼 보였다.

"잘 가! 다음에 또 봐!"

술기운이 도는지 지수와 은영이 신난 목소리로 손을

흔들었다. 방향이 같은 둘은 함께 같은 버스를 타고 사라졌다. 떠나는 그녀들을 보자 참았던 취기가 올라왔다. 홀로 남은 나는 곧바로 뒤따라오는 버스에 몸을 실었다. 문이 닫히기도 전 가속 페달을 밟은 기사 덕분에 입구와 가장 가까운 의자에 주저앉았다. 엉덩이가 닿자 잠들고 싶은 강한 충동이 밀려들었다. 나는 눈을 감았다. 눈을 감고서 인상을 찌푸렸다. 반대편 차선에서 달려오는 자동차 헤드라이트 불빛이 문제였다. 빠른 속도로 눈꺼풀 아래의 공막을 욱신거리게 하고 사라진 것이다. 나는 빛의 꼬리를 쫓아 창문 밖으로 시선을 돌렸다. 찬기를 머금은 유리에 머리를 기댄 채였다.

돌아가고 싶다, 방금 전 그 레스토랑으로. 뭔가 두고 온 것이 있다. 가방을 뒤질 필요도, 호주머니를 뒤질 필요도 없이 알 수 있었다. 분명히 그곳에는 버려진 채로 나를 기다릴 소중한 무언가가 있다.

지금 버스에서 내리면, 그렇다면 이미 몇 블록을 지나온 이곳에서부터 그 레스토랑을 찾아갈 수 있을까? 할 수만 있다면 조금 전까지 우리가 앉아 있던 테이블로 달려가고 싶었다. 웨이터가 다음 손님을 위해 흔적을 치워버리기 전에, 놓고 온 것을 닥치는 대로 주머니와 가방에 담아야 한다. 뱉어버린 말과 확인할 길 없는 적의와 위로를.

나는 눈을 감고 벌린 입술 사이로 한숨을 내쉬었다. 그러나 하고 싶은 말은 그 안에 갇힌 채 혀 아래에서 질식하고 말았다. 그 대답을 다시 뱉어본다.

"…좋아."

입안의 침이 독처럼 쓴맛을 내며 돌았다. 그 자리에 두고 온 것은 나라는 걸 깨닫는다. 나, 안혜림은 은영과 지수의 입에서 분해되고, 분해된 것들은 듣는 이들의 귀에서 소멸할 것이다.

버스의 덜컹거림에 눈을 뜬 나는 자동차 바퀴 아래에서 부서지는 낙엽들의 잔해를 보았다. 한때는 초록이었던 것들, 낙하하여 잘게 부서져 어디론가 떠날 하찮아진 것들, 그리고 아무것도 아닌 게 되었다가 다시 무엇이

될 것들을 말이다.

집으로 돌아가고 싶다. 어서 내 몸이 집에 있었으면 싶다. 늦가을의 한기를 담은 유리가 맞댄 머리를 얼려 버리기 전에.

*

20여 년 전. 공부를 많이 한 여자는 운이 없다는 아버지의 고집에도 불구하고 어머니는 기어코 자매를 대학에 보내셨다. 그녀는 남편에게 토를 달거나 반대 의견을 내비치지 않는 아내였지만, 언니인 혜선이 고등학교에 진학하면서 무슨 작정이라도 한 듯 맹렬히 아버지의 의견에 맞섰다.

"남자 그늘에서 사는 게 여자인데 공부는 무슨?"

그래서 나온 절충안이 두 딸을 여대에 보내는 것이었다. 어차피 두 분 다 보통의 신랑감에게 딸들을 시집보낼 마음이 아니었기에 가능했다. 아버지가 원하는 남자들이 부담을 느끼지 않도록 그들보다는 아래에, 보통의 여자들보다는 돋보이게. 또 왠지 모르게 정숙한 이미지가 있는 여자대학교를 졸업하면 뚜쟁이들이 괜찮은 선자리를 마련하니, 아버지의 셈법으로는 손해 보는 장사가 아니었을 것이다. 아버지는 이 정도면 평생 가족에게 베푼 가장 큰 배려라고 생각했겠지만, 어머니는 돈을 잘 버는 과에 진학해야 한다는, 그로서는 청천벽력 같은 주장을 내세우셨다. 언젠가 아버지는 어머니의 이 말에 배신감마저 들었다고 하셨다.

여자는 남편의 말에 순응하며 평생 제 손으로 돈을 벌지 않는 게 미덕이었던 시절. 내 어머니 또한 예외는 아니었다. 평생 쓸고 닦은 집의 천장이 그녀에게는 하늘이었다. 우리 자매는 처음 보는 그녀의 고집이 당황스러웠다. 자신을 지켜준 성 같은 존재인 아버지에게 직접 폭탄을 던지면서까지 왜 딸들을 대학에 보내려 하는지 알지 못했다. 사실 나는 고등학교를 졸업하고 나면 막연히 대학생이 되겠지 하는 낙천적인 학생이었다. 어쩌면 내 인생에 열정을 품은 사람은 오로지 어머니라는 사실에 부끄러웠는지 모른다.

내가 그녀의 대항을 이해하게 된 계기는 예기치 않게 찾아왔다. 기말고사 기간이었다. 1학년 감독을 맡은 나는 집중하고 시험지를 풀고 있는 아이들을 보고 있었다. 맨 앞자리에 앉아 있는 여학생이 눈에 띄었다. 감시라기보다 감상에 가까운 눈길을 보냈다. 매일 아침 아이의 엄마가 블라우스를 다려 주는지, 입고 있는 교복에는 칼주름이 잡혀 있었다. 우리 엄마도 그러셨는데. 한 번도 언니와 나를 깃이 세워지지 않은 교복을 입혀 학교에 보낸 적 없으셨는데. 나는 각이 잡힌 교복을 보며 어머니를 떠올리고 말았다.

딸들을 방패 삼아 무색해진 그녀의 젊음, 어머니라는 두꺼운 딱지 밑에 고인 붉은 희생을 보상받고 싶지는 않으셨을까. 우리를 학교에 보내던 수많은 시간 동안 그녀는 묵묵히 투쟁했는지 모른다. 친구들이 부러워했던 도시락 반찬과 풀을 먹인 깃을 무기로 말이다. 이 마음은

해를 거듭할수록 단단해졌고 지금은 확신하고 있다.

어쨌든 내가 스무 살이 되어 3월을 맞이한 곳은 여자들이 우글거리는 사범대 어느 강의실이었다. 어머니의 바람대로 막내딸인 나까지 대학에 보내는 데 성공하신 것이다. 첫째는 의대에 둘째는 사범대에. 어머니는 평생을 통틀어 가장 잘한 일이 두 딸을 대학에 보낸 일이라고 하셨다. 아버지는 시큰둥했다. 막상 아내의 마음대로 이루어진 것이 샘이 난 것인지 없던 제안을 하셨다.

"애들 시집갈 때 돈 한푼 쥐어줄 수 없다니요?"

어머니는 우리들 앞에서 처음으로 소리를 지르셨다. 아버지는 여자가 방귀를 크게 뀌는 것도 질색했으므로, 아내의 반항에 노발대발하는 건 당연했다. 어머니는 밥을 짓지 않으셨고, 부부 사이에 절대 각방은 없다던 아버지는 보란 듯이 거실에 이불을 펴고 잠드셨다. 그간 본 것 중 가장 큰 부모의 싸움이라, 나는 하루 만에 그의 손을 들어줄 수밖에 없었다. 오랜 시간 동안 어머니가 또 질 거란 생각이 깔려 있기도 했지만, 어느 쪽이든 상관없을 거라고 생각하는 게 더 큰 이유였다.

나는 한 번도 경험해 보지 못한 상상에서 지금을 따져 본 적이 없었다. 현재가 좋으면 앞으로도 좋을 거란 순진한 관념뿐이었다. 걱정거리와 두려움이 없는 한가로운 성격이라 스스로를 괴롭힌 적도 없었다. 교편을 잡고 1년이 지나기 전까지 그런 사람이라고 생각했다.

변화의 시작은 어느 날 갑자기 왔다. 나는 점심시간에 동료 교사와 함께 교직원 식당으로 향했고 인심이 후한 아주머니들은 식판 가득 음식을 담아 주었다. 식사가 끝난 후 나는 입이 짧다는 고전적인 핑계를 대며 절반이 넘는 음식을 파란색 플라스틱 통에 모조리 쏟아 버렸다. 여기까지는 어느 때와 다름없는 순서였지만 문제가 찾아왔다.

"…안 선생, 왜 그래?"

여름날이었다. 이미 상하기 시작했는지 고린내가 나는 음식물 쓰레기통을 나는 우두커니 바라보았다.

버릴 걸 알면서도 가득 담았던 음식들. 누군가는 살이

되고 피가 되길 바라며 정성껏 만든 것이지만, 투박한 조리도구로 덜어내느라 식판에 양념 자국을 남기고 싶지 않았던 누군가에 의해 버려지고 말았다.

살면서 인간이 경험할 수 있는 일들은 얼마나 될까. 그중 내가 겪게 될 일은 몇 개나 될까. 나는 해보지도 못하고, 가보지도 못하고, 느껴보지도 못한 것을 적당히 해내다가 이 생을 마감하는 건 아닐까. 다 맛보지 못한 인생에 대해 맛있었다, 다시는 입에 넣고 싶지 않은 인생이었다, 라는 평을 늘어놓으며 말이다.

불분명한 확신이었지만 저항이란 없었다. 직감에 숨통을 물린 짐승처럼 공기를 들이마실 수 없었다. 정확한 이유를 알지 못하고 설명할 수도 없으면서 그렇다고 믿게 되었다. 순간의 느낌을 따르게 되는 것. 그때 나는 선택받지 못하고 버려질 모든 것들에게 마음을 빼앗겨버렸다.

'전부 다 내 것으로 만들 수는 없다. 난 무언가를 놓칠 수밖에 없다. 어쩌면 우리는 잃어가기 위해 만들어진 존재일 수 있다.' 나는 갑자기 떠안게 된 예견에 스며들었고 결국에는 압도당했다. 단 두 음절의 '인생'이라는 단어가 하늘도 되고 바다도 되며 나를 집어삼켰다.

눈을 가리고 손의 감각에 의지해 코끼리의 피부를 더듬은 자가 자신의 앞에 벽이 있다고 말한 이야기가 있다. 하지만 치환될 수 있는 코끼리는 세상에 널려 있다. 벽이라고 말할 오해와 배경, 협소한 견해도 너무나도 많다. 강건했던 내 나라가 하루아침에 없어진 기분이었다. 바람처럼 스친 생각이었지만, 칼날보다 날카롭게 심장을 찔렀다.

앞으로 안혜림의 인생이라. 교사를 관두지 않는 이상 이와 비슷할 것이다. 방학을 기다리고, 연수와 교육에 참석하고, 담임이 되었다 감동하고, 대학에 보내고 감격하고.

여자로서의 인생도 잊을 수 없다. 괜찮은 남자를 만나고, 아버지 말대로 소박한 결혼식을 올리고, 뜨겁게 안긴 밤 아이를 잉태하고, 그 아이에게 최고의 것을 물려주고.

그리고? 또 뭐가 있지? 남편과 나의 괜찮아지는 돈벌이, 자식으로서의 효도, 부모로서의 책임, 뭐 이쯤 경험하려나.

남들은 안정된 울타리라 부르는 교사라는 직업이 발끝을 추격하고 있다는 생각이 든 것은 그때였다. 호기심이 많아진 나는, 정말 주체하지 못할 정도로 알고 싶은 게 많아진 나는 앞으로 모든 걸 알 수 없는 인생에 멱살이 잡혀 끌려갈 거라는 걸 간파했다. 직업에, 나이에, 성별에 갇혀서. 시간이 한참 지나고 나서야 남들과 다른 사고회로를 가졌다는 걸 인정하게 되었지만, 그때의 나는 모든 뻔한 것들로부터 벗어나 비구니가 되겠다며 집안을 발칵 뒤집었었다.

심리적으로 안정이 된 후에도 가끔 이런 생각이 들었다. 내가 처음부터 비구니가 되었다면 삶은 느릿느릿한 걸음으로 함께했을까? 물론 아니라는 대답은 처음부터 알고 있었다.

*

일부러 이러는 게 분명하다. 그러지 않고서야 자꾸만 잊고 싶은 과거를 떠올릴 이유가 없다. 이게 다 그 앙큼한 수학 선생과 열패감으로 뭉친 은영으로 인해 일어난 불필요한 연쇄 작용이다. 코끝에 썩은 음식 냄새 때문이 아니다. 난 그렇게 단순한 사람이 아니니까.

일주일이 어떻게 지난 건지 모르겠다. 아파트 분리수거 배출 날짜에 맞춰 쏟아지듯 나온 쓰레기들을 보며 우리 집 안에 있을 내놓아야 할 물건들을 떠올려 봤다. 뭐든 버려야 할 때를 놓치면 골치가 아픈 법이다.

아무래도 차가운 버스 유리가 머리를 통째로 얼려 버

린 것 같다. 냉기가 든 머리와 무거운 몸뚱이를 끄는 긴 발소리를 들으며, 나는 갈비뼈를 조이고 걸었다. 집까지 오르는데 아무도 마주치지 않았다. 나는 이 점을 오늘 하루 중 유일한 행운으로 여기며 현관문을 열었다. 불빛이라고는 정수리 위에 있는 인내심 없는 센서등뿐이었다.

"아무도 없어?"

문이 닫히며 도어록 소리가 텅 빈 공간을 울렸다. 나는 신고 있던 검은색 구두를 내려다보았다. 지금쯤 두 남자는 저녁을 해결하기 위해 아파트 근처를 배회하고 있을 것이다.

집 안은 어둠을 가득 물고 있었다. 발이 움직이지 않았다. 나는 가만히 선 채로 불이 꺼질 때를 기다렸다. 얼마 못 가 팟, 하는 소리와 함께 집은 어둠에 잠식되었다. 그러나 기대와 다르게 사물들의 경계가 선명해진다. 어둠에 적응하는 눈 덕분이었다.

더 이상 갈 곳 없는 기분이 들었다. 나는 침실로 걸음을 옮겨, 어깨에 메고 있던 핸드백을 화장대 위에 올려

두었다. 순간 바스락거리는 소리와 함께 힘 없는 물체가 바닥에 불규칙적으로 떨어지는 소리가 들렸다. 상체를 숙여 손으로 더듬어보지 않아도 희끗희끗한 모양만으로 접힌 메모지라는 걸 알았다. 나는 그것들을 줍지 않았다. 그대로 있어라, 떨어진 채로. 냉정한 눈길을 던졌다.

이이는 언제 집으로 돌아올까. 가방 속 휴대폰을 꺼내려다 마음을 접었다. 준희도 아빠와의 시간을 방해 받고 싶지 않을 것이다. 요새 그런 눈치다. 사춘기가 온 건지 이미 내 전화를 피한 지 오래였다.

입고 있던 카디건을 벗어 바닥에 내려놓았다. 온종일 등에 까끌까끌하게 닿았던 원피스 지퍼를 내리고 몸을 조이던 팬티스타킹과 속옷들로부터 완전한 해방을 누렸다. 곧장 안방에 딸린 욕실로 가 욕조의 수도꼭지를 돌렸다. 손가락으로 물 온도를 가늠해 본 뒤 거울을 올려다봤다. 거울에는 내가 없었다. 빛이 없으니 마냥 검기만 할 게 당연한데, 알면서도 나는 습관적으로 네모난 프레임에 갇혀 있던 나를 찾은 것이다. 나는 욕조에 모이는 물소리를 들으며 한쪽 입매를 비틀어 올렸다. 역시나 그 웃음을 따라 지을 사람은 거울 속에 없었다. 나는 다시 침실로 걸어 나갔다.

"아악!"

콘솔 위에 올려둔 책을 찾으려다가 그만 벗어놓은 옷을 밟고 미끄러지고 말았다. 내뱉는 깊은 숨에서 포도주 냄새가 스쳤다. 깜짝 놀랐지만 넘어진 몸을 곧장 일으켜 탁자 위에 있는 등을 켰다. 텁텁한 입맛을 다시며 조명의 조도를 가장 낮게 맞추었다. 누런 빛 아래에서 나는 책을 펼쳤다. 읽으려는 건 아니었다. 필요한 건 책장 사이에서 납작해진 귀마개였다.

그것들을 손에 쥔 채로 다시 화장실로 향했다. 이번에는 침실 사이의 문을 닫는 걸 잊지 않았다. 다시 거울 앞에 선 나. 아까와 달라진 것은 없었다. 내가 가진 흰 살결도 검고, 검은 머리카락도 검다.

"지금이다."

나는 낮게 중얼거렸다. 거울 앞에 어둠을 뒤집어쓰고

있는 이에게도 들릴까 말까 한 소리였다. 날 향한 검은 눈동자를 피한 후, 양쪽 귓구멍을 귀마개로 꼼꼼히 막았다. 손을 뻗은 곳에서 운 좋게 수납장 손잡이가 닿았다. 남편이 고쳐 주지 않아 열릴 때마다 소리가 났지만 오늘만은 조용하다. 어쩌면 이번에는 다를 것만 같다. 더듬거리던 손이 비닐에 싸인 탐폰을 쥐었다. 나는 그것의 포장지를 벗겨 생리를 하지 않는 마른 질에 억지로 집어넣었다. 몸과 밖이 만나는 입구를 모조리 막아야지. 나는 변기 옆에 있는 두루마리 휴지를 이용해 다리 사이의 구멍들을 꼼꼼히 메웠다. 이제 나는 밖과 섞이지 않는 존재가 되었다. 과언을 할 일도 실언을 들을 일도 없다.

준비를 끝낸 나는 욕조를 향해 몸을 돌렸다. 들어가기 전 물에 손을 집어넣는 것도 잊지 않았다. 높이와 온도 모두 마음에 들었다. 미지근한 미소가 고였다. 한쪽 다리를 먼저 뻗어 욕조에 넣어보았다. 물이 닿자 넘어진 무릎에서 옅은 통증이 느껴졌다. 나는 완전히 몸을 눕히는데 성공했다. 호흡을 내뱉는데 무거운 것이 심장을 짓누

르는 듯 아팠다. 숨을 크게 들이마시면 나아지려나. 입을 크게 벌렸다. 뜨거운 증기가 폐 안에 가득 찼다.

*

절전 테이프로 눈을 막고 한 일 중 죽음을 상상해 본 게 기억에 남는다고 했다. 도대체 왜 그랬냐고 물으니 혜림은 모르겠다고만 말했다. 내 눈치를 보며 근육에 힘이 빠지는 게 느껴졌다고 했다. 팔과 다리가 가벼워지면서 무거웠다는 말도, 그 느낌이 좋았다는 말도 빼먹지 않았다.

죽겠다고 마음을 먹고 누워 호흡하는 걸 잊지 않았다고도 했다. 그녀는 숨을 들이마시고 내쉴 때마다 몸이 가라앉기와 띄워지기를 반복했다고도 전했다.

각진 턱 끝, 악문 입술, 말린 휴지가 꽂힌 코앞까지 물이 밀려들 때는 섬뜩했다며 아직 겁에 질린 듯 말했다.

*

눈을 떠보니 시계는 6시 30분을 가리키고 있었다. 언제나 같은 시간이다. 언제 어떻게 잠들어도 꾸역꾸역 눈을 뜨고야 만다. 알람시계는 필요 없다. 나는 술을 마셔도 바뀌지 않는 몸의 습관이 자랑스럽기까지 했다.

고개를 돌려 옆자리에 누워 있어야 할 사람의 얼굴을 찾았지만 보이지 않았다. 베개 주름이 잔뜩 생긴 걸 보면 부지런한 남편은 벌써 일어난 게 분명하다.

나는 이불을 걷고 매트리스에서 몸을 일으켜 세웠다. 어쩐지 날개뼈 부근이 뻐근했다. 예기치 않은 통증에 몸의 중심을 잃었고 시선은 의도치 않은 방향으로 튕겨져

나갔다.

"저게 뭐지?"

나는 화장대 위에 올려 있는 것들을 향해 걸어갔다. 종이였다. 조금의 삐딱함도 허용하지 않는 누군가의 손길이 닿았는지 반듯하게 접혀 있었다.

나는 흰 종이들을 순서 없이 펼쳐 보았다.

"5월 29일, 1월 4일, 9월 14일, 3월 27일…."

혀에 달라붙었던 낯선 숫자들이 일정한 리듬을 갖고 뱉어졌다. 이 날짜들은 무엇을 의미하는 걸까. 금방 생각이 떠올랐다. 나는 고개를 끄덕거렸다. 최근 운영하는 카페를 가맹점화 하는 남편에게 필요한 날들일 것이다. 미팅이나 인테리어, 뭐 기타 등등. 나는 접혀져 있는 선들을 따라 그것들을 원래 있던 모양대로 두었다.

"일어났어?"

주방 테이블에 앉아 커피를 마시고 있던 남편이 물었다. 건설회사 재무관리부에서 과장직을 했던 그는 돌연 회사를 그만두고 지금은 어엿한 카페 사장이 되었다. 처음에는 위험을 무릅쓰고 새로운 도전을 하는 남편에게 양쪽 집안 어른들 모두 반대를 하고 나섰다. 그래서 보란 듯이 양가 부모들의 허락이 떨어진 날부터 창업 준비를 위해 남편은 미친 사람처럼 살았다. 지금도 마찬가지였다. 새로운 음료 개발과 커피 본연의 맛을 내기 위한 노력을 끊임없이 했고, 가끔 얼굴을 마주할 때는 피로로 핼쑥해진 얼굴에 시퍼런 턱수염이 자라 있었었다.

사업을 하기 위해서는 인덕도 있어야 한다고 했다. 다행스럽게 준희 아빠는 성실하고 열정 있는 직원들을 거느렸고, 매출이 좋은 달에는 그들에게 섭섭하지 않은 보상을 해주는 모양이었다. 제법 장사 수완이 나쁘지 않고 미감이 있는 남편이었기에 흉내만 내는 것이 아니라 제대로 사업을 운영하고 있던 것이다. 해가 지날수록 어른들의 우려와는 다르게 카페는 번성했다. 아무런 도움도 주지 못했던 나는 그것이 모두 남편의 노고임을 알고 있었다.

"잠을 못 잤어? 가게 가면 마실 커피를 일어나자마자."

나는 오랜만에 둘만의 시간을 가질까 싶었다. 우리는 오랜만에 눈길을 주고받았다.

"잠은 뭐 늘…."

하지만 힘없이 고꾸라지고 마는 남편의 목소리에 마음을 접었다.

"준희는?"

"준희?"

남편은 목이 잠긴 목소리로 물었다.

"참, 언제까지 애가 초등학생인 줄 아나 봐."

집에서 제법 먼 중학교에 입학한 지 반 년이 지났지만, 남편은 이 시간에도 아이를 깨울 생각이 도통 없다. 가게 일이 바빠질수록 아이에 대한 관심이 뒷전이 되는 걸 내가 모를 줄 알고? 나는 그를 이해할 수가 없었다. 놀란 척 짓는 표정이 가소롭기까지 했다.

"나도 출근하려면 정신없는데 매번 이럴 거야? 애 좀 제시간에 깨우는 게 그렇게 어려워?"

나는 준희의 방으로 향하며 공격적인 말투로 따졌다.

"…알았어. 내가 학교까지 차로 내려 줄 테니까 당신은 어서 가."

포기가 이해보다 빠를 때가 있다. 애정이 덜할수록 가능한 일이라는 건 우리가 증명한다. 나는 바깥일에는 빠릿빠릿하면서 집안 사정에는 학습이 느린 남편을 포기하기로 마음먹은 지 오래였다. 그의 말에 일부러 대답을 하지 않고 아이의 방문을 열었다.

"준희야, 엄마야. 어서 일어나서 학교에 가야지. 응?"

아이는 미동이 없었다. 목소리를 듣고 잠에서 깬 건 분명한데. 나는 거실에 걸린 시계를 바라보았다. 출근을 하려면 지금부터 준비하지 않으면 안 된다. 나는 다시 답답한 남편이 앉아 있는 주방으로 나와 냉장고 문을 열었다. 반대쪽 손으로 머그컵을 들어 냉장고에서 꺼낸 우유를 가득 따라 그의 앞에 내밀었다.

"잊어버릴 게 분명하니까 꺼내 놓는 거야. 공부해야 하는데 빈속으로 보내지 말고 나가기 전에 줘. 알았지?"

"…알았대도."

그는 컵을 받아 식탁에 내려놓았다. 나는 그의 푹 파인 볼을 보며 짜증이 솟구쳤던 마음이 미안함으로 바뀌고 있는 것을 느꼈다. 화를 내고 싶지는 않았다. 요새 남편은 잠들기 전 뒤척이는 시간이 길어졌다. 무슨 고민이 있는 걸까 싶어 마음이 쓰일 참이었다. 가까워지려는 노력보다 멀어지지 않을 노력이 필요한 게 부부 사이라고 했다.

나는 씻으러 욕실로 가기 전 예전보다 어깨가 굽은 남편의 뒷모습에 대고 입을 벌렸다.

"준희 아빠. 당신 말이야."

"응?"

남편은 묻고 있지만, 아무것도 묻지 않는 사람의 표정을 짓고 있었다.

"커피 좀 줄여야겠다. 점점 얼굴이 커피색으로 변하는 것 같아."

아침부터 날카롭게 군 것에 대한 미안함으로 어설픈 농담을 던졌다. 욕실의 불을 켜기 위해 시선을 돌렸지만, 한 조각의 웃음도 걸리지 않았던 그의 표정이 머릿속에서 사라지지 않았다.

*

밖으로 나오자 기분이 한결 나아졌다. 정신을 기분 좋게 긴장시키는 쾌청한 아침이었다. 나는 정류장까지 걸어가며 하늘을 올려다보았다. 공기는 맑지만 우중충한 날씨였다. 여분의 우산이 교무실에 있다는 걸 떠올린 나는 걷는 걸음에 힘을 주었다.

나는 몇 년 전부터 자동차 열쇠보다 교통카드를 챙기는 사람이 되었다. 버스 안에서만 느낄 수 있는 특유의 부산스러움이 좋기도 했지만 운전대를 잡는 일이 참기 힘든 의무처럼 느껴진 탓이 더 컸다. 이도 나이를 먹어감에 따라 마음이 변한 것일까.

익숙한 버스 정류장에 내려 눈에 익은 교복을 입고 지나가는 무리에 섞여 들어갔다. 입안에 마른 나무 냄새와 차가운 공기가 들어왔다. 어제보다 온도가 내려갔는지 같은 카디건을 입었음에도 팔 안쪽이 시렸다. 나는 어깨를 떨며 걸었다. 신고 있는 부츠 바닥에 짓이겨지는 모래알의 감촉이 알알이 느껴졌다. 어젯밤 섬뜩했던 꿈은 단지 꿈일 뿐이었다는 사실에 몰래 안도하고 있는 중이었다. 보통의 날과 다르지 않은 시작이었다. 그러나 교무실에 와서 알 수 있었다. 오늘은 평소와 다르다는 것을.

"오셨어요?"

자리에 앉자 동료 교사가 몸을 밀며 나에게 다가왔다.

"오늘 무슨 일 있어요?"

사람들이 모두 모였음에도 교무실 온도가 낮았다. 나 또한 이 차분하면서 냉정한 포기의 냄새를 느낀 바였다. 그녀는 믹스 커피가 든 종이컵 끝을 앞니로 잘근잘근 깨물고 있었다. 주위의 눈치를 힐끗 보더니 나를 향해 몸을 숙였다. 평소 출퇴근할 때 나누는 인사 말고는 특별

한 대화를 나누지 않는 사람인데. 지금의 행동은 나름의 이유가 있음이 분명해 보였다.

"2학년 박선웅이가 지난밤에…."

얼마 전 백혈병 진단을 받았던 아이였다. 나는 그녀의 말투에 담겨 있는 불길한 결말을 눈치채고 말았다.

"에이… 설마요. 아니겠죠?"

"결국 그렇게 됐다고 하네요… 아직 어린 아이인데 너무 안타까워요."

가정형편이 넉넉지 않아 교사들과 학생들이 십시일반으로 선웅의 병원비를 모으기도 했었다. 그런데 기부금을 전달하고 몇 달이 지나지 않아 꽃도 피워 보지 못한 어린 생명이 허망하게 숨을 거뒀다니.

"다시 학교로 돌아오기를 정말 바랐는데. 하늘도 무심하시지."

나는 누군가에게는 없을 오늘을 떠올리며 나른한 어지러움을 느꼈다.

"그러니까요. 죽은 애도 불쌍하지만 선웅이 형 진웅이

는 수능이 코앞인데… 형제가 정말 어쩌면 좋아요."

죽은 사람이 더 불쌍할까, 죽지 못한 사람이 더 불쌍할까. 문득 생각에 잠기며 나는 그녀의 입에서 이어질 말을 잠자코 기다렸다.

"아무튼 오늘 그 일 때문에 교장 선생님이 특별히 운동장 조회를 하신대요."

동료 교사는 커피가 남은 종이컵을 들고 자신의 자리로 돌아갔다. 다시 혼자가 된 나는 웅얼거리는 소리가 나는 쪽으로 고개를 돌렸다. 선웅이에 대해 이야기를 나누는지, 혹은 진웅이에 대해 이야기를 나누는지는 알 수 없었다. 선생님들은 평상시보다 말소리를 낮추며 머리를 맞대고 모여 있었다. 교무실은 그렇게 적당한 침묵을 유지했다.

박진웅과 박선웅은 연년생 형제로 같은 고등학교에 다닌 탓에 둘을 모르는 선생님은 거의 없었다. 나는 3년 동안 형인 진웅을 직접 가르친 적은 없지만 죽은 선웅이의 반에 수업을 배정받은 적이 있었다. 피부가 희고, 호리호리한 체격에 자세가 바른 아이. 나는 절대로 그 아이의 얼굴을 보며 죽음을 상상해 본 적이 없었다.

죽은 선웅이를 떠올리다 교문에 막 들어서는 한 아이가 이목을 끌었다. 이미 담임들이 교실로 들어갔을 시간인데. 지각이 분명함에도 학생은 뛰지 않았다. 교실에 도착하면 그만이라는 듯 걸음걸이에서 느긋함이 느껴졌다.

아이들이 하나둘씩 운동장으로 모이기 시작했다. 나는 의자 팔걸이를 지지하고 몸을 일으켰다. 지각한 아이에 대한 걱정은 잊은 뒤였다.

"비가 오려나?"

교무실 문을 열자 복도 옆 창문에서 습한 나무 냄새가 가득했다. 들이마신 호흡에 시커먼 구름이 눈앞에 와 있다고 믿을 수 있을 만큼 비를 떠올리게 만들었다.

나는 시멘트 계단을 밟고 내려가 흙먼지가 일어나는 운동장 바닥에 섰다. 어두컴컴한 하늘로 을씨년스러운 날이었다. 해가 사라진 틈을 타 짙어진 한기는 춘추복을 입은 아이들의 어깨를 움츠려뜨렸다.

누군가 마이크 볼륨을 높였는지 고막을 날카롭게 긁는 소리가 운동장에 퍼졌다. 키가 자그마한 교장 선생님이 콧등에 내려온 돋보기를 손끝으로 올리며 단상에 섰다. 가라앉은 목소리로, 지난밤 선웅이의 소식을 덤덤하게 알렸다. 일순간 교사와 아이들을 감싸고 있는 공기가 느린 속력으로 주위를 맴돌았다.

그 공기를 들이켠 나는 명치가 뻐근했다. 몸을 마비시킬 것 같은 강한 통증에 폐로 흘러들어간 숨을 토해냈다. 나는 아픈 곳에 손을 올렸다. 그때 사람들의 시선이 내 몸에 달라붙어 있다는 걸 느꼈다. 대부분 정자세로 교장의 이야기를 듣고 있던 중이라, 지금의 행동이 눈에 띈다는 걸 알면서도 모르는 척했다. 가슴을 조이고 들이마신 숨을 뱉으려는 노력을 계속했다.

나는 먼 곳을 바라보고 싶었다. 누군가와 눈이 마주치고 나면 울음이 터질 것만 같았다. 가슴에 둔 손을 내리려는 때 진웅이와 눈이 마주쳤다. 안녕하세요, 안녕. 무언의 인사가 우리 사이에서 나눠졌다.

그는 못 본 사이에 키가 더 컸는지 껑충한 바짓단이 발목을 드러내고 있었다. 다시 고개를 떨구고 마는 진웅에게 다가간 건 그의 담임 선생님이었다. 그녀는 눈에 눈물을 가득 담고 아직 뼈가 다 굳지 않은 제자의 어깨를 토닥이고 있었다.

그 토닥임이 그의 영혼까지 닿을 수 있다면 얼마나 좋을까. 기도하듯 간절한 마음으로 나는 바랐다. 언제부터인지는 모르지만 사람의 영혼이 눈에 보이는 것이길 원했다. 그렇게 된다면 다친 영혼을 치료할 수 있지 않을까 싶어서였다. 내가 영혼이 볼 수 있는 것임을 바라는 이유가 여기에 있었다. 간절한 이유도 이 부분에 있었다. 또 몸에서 가장 딱딱한 뼈도 부러지면 다시 붙기 마련인데, 영혼은 한번 금이 가면 회생 불가능하다는 점이 이해되지 않았다. 눈으로 볼 수조차 없는 것이 다치게 되면 존재하는 모든 불행을 흡착하며 죽음, 혹은 죽음보다 더 못한 곳으로 가라앉는 것이 두려웠다. 과연 진웅이는 어린 날에 겪게 될 상흔의 깊이를, 뻗어 나가게 될 굽은 가지들을 짐작이나 할 수 있을까.

어젯밤 진웅이는 19살의 나이에 아픈 동생을 잃었다. 머리를 밀고 마스크를 쓰고 있던 마지막 아우의 얼굴을 떠올리며 그와 걷던 길을 따라 학교에 왔다. 시간이 더디게 흐르고 길은 무한대의 공간처럼 늘어났겠지. 나는 진웅이를 보며 아린 명치를 쓰다듬었다.

나는 한동안 그의 모습을 지켜보았다. 담임 선생님이 지나간 뒤, 그는 먹구름 낀 하늘을 향해 고개를 들며 눈물을 삼키는 듯 보였다. 잠시 후 깊은 슬픔을 담은 진웅의 눈빛이 다시 나의 시선과 공중에서 엉켰다. 바로 그 순간이었다. '괜.찮.으.세.요.' 여물지 않은 울대가 위아래로 출렁이며 소리 없이 입을 움직였다. 그가 던진 한 마디에 고요했던 나의 마음에 파문이 그려졌다. 귓가에 파도소리가 들리는 것만 같았다. 고개를 들자 회색빛 하늘이 기어코 빗방울을 떨어뜨리고 있었다.

*

어깨 근육이 단단해질 대로 굳어 있었다. 통증이 처음도 아니지만, 이럴 때마다 나는 자율성을 빼앗기고 만다. 아무것도 하기 싫었다. 무책임해 보여도 오늘 수업은 유인물로 대체한다고 했다. 학생들은 내가 뭘 하든 별 상관없어 보였다. 그 점이 서글프면서도 좋았다.

책상에 얼굴을 묻은 아이들에게 있던 눈길을 창문을 향해 던졌다. 얼마 남지 않은 나무의 잎사귀를 모두 떨어뜨릴 심산일까. 세찬 바람이 나무들을 뒤흔들고 있었다. 버티고 있을 뿌리의 노곤함이 내게 전달되는 것만 같아 뻐근한 어깨 위에 손을 올렸다.

혹시 어제 마신 술 때문일까? 뭐든 상관없지만 나는 굳이 고민을 해본다. 아, 시간이 더디게 흘러간다. 얼마나 지났으려나. 벽에 걸린 시계를 쳐다보니 수업 시간은 아직 한참이나 남아 있었다.

"반장?"

"네! 선생님."

미리 약을 먹지 않으면 고생할 것 같았다. 양호실에 가서 진통제를 받아 올 계획으로 손을 든 학생에게 교탁 앞에 나와 있어주기를 부탁했다.

밖으로 나오니 물을 잔뜩 먹은 공기에 정신이 들었다. 나는 호흡을 마시며 문을 밀어 닫았다. 천천히 뱉는 숨에서 열감이 느껴졌다. 각질이 일어난 입술을 뭉개며 아무도 없는 복도를 걸었다. 신발이 나무 바닥에 닿을 때마다 삐걱거리는 소리가 텅 빈 복도를 괴기스럽게 울렸다.

"…잠깐만."

방금 저게 뭐지? 분명 뭔가 스치고 지나갔는데. 보이자마자 사라진 것이 있었다. 분명 내가 포착했다. 오늘 아침 게으른 걸음으로 교문을 통과한 학생일까? 어딘가 무신경한 느낌이 그랬다.

"학생 맞지?"

체중을 받을 때마다 뒤틀리던 나무 소리가 멈췄다. 몇 길음 쫓아가자 멈춰 서 있는 뒷모습이 보였다. 교복을 입고 있었다. 나는 간격을 좁히며 다가갔다.

"몇 학년이야?"

그는 체구보다 커다란 셔츠를 입고 있었다. 셔츠 소맷단 끝에 손톱이 겨우 보여 유추한 것이었다. 나는 인내심을 갖고 대답을 기다려 보기로 했다. 그때만큼은 복도를 울리던 수업 중인 교사의 목소리도, 창밖을 두드리던 거센 빗소리도 들리지 않았다.

나는 마침내 아이의 등 뒤에 섰다. 멀리서 볼 때는 몰랐지만 아이의 옆모습에서는 보송보송한 솜털이 돋아나 있었다.

"선생님 말 안 들려?"

나는 아이의 어깨에 손을 올렸다. 가슴에 있을 명찰을

보기 위해 그 손을 내 쪽으로 당겼다.

"선생님이 어디 가느냐고 묻는데 대답도 없이…."

심장과 가까운 부분. 니트 조끼를 아슬아슬하게 관통하는 명찰에 쓰여 있는 이름을 읽었다.

'이준희.'

준희? 아이와 같은 이름이다. 나는 그동안 내 아이와 같은 이름을 가진 학생에게 더 마음을 썼던 불공평한 교사였다. 내 아들이 아닌 걸 알면서도 학생의 얼굴이 궁금했다. 마음은 왜 이리 바쁜 건지. 나는 아이의 얼굴을 확인하기 위해 시선을 위로 올렸다. 아이도 내 눈을 바라보았다.

"…준희야?"

나는 그제야 알아차렸다. 아이가 입고 있는 교복은 이 학교의 것이 아니라는 것을. 다시 얼굴을 확인했다. 그래야만 했다. 역시 나의 아들 준희였다. 엄마가 일하는 곳에 왜 찾아온 것일까. 그것도 다른 학교 교복을 입고. 일순간 번개가 번쩍 했다. 뒤따라온 천둥이 학교 건물을 울렸고 놀란 학생들의 비명이 복도 밖까지 흘러나왔다. 정신을 쏙 빼놓는 굉음과 비명에 놀라 뻐근한 어깨가 움츠러들었다. 준희는 멍하니 나를 보고 있었다. 아무 소리도 못 들은 사람처럼 행동했다.

시야가 반으로 갈라지며 물먹은 종이처럼 맥없이 흘러내린다. 몸의 힘이 삽시간에 빠져나가는 걸 느낀다. 나는 팔을 휘적이며 휘청거렸다. 바닥의 찬 기운과 세게 부딪혀 느끼는 얼얼한 통증이 볼에 순서대로 전해졌다. 눈꺼풀이 서서히 내려와 죽은 사람의 뛰지 않는 맥박처럼 바른 선을 만들다 금세 사라져 버리고 말았다.

*

손끝의 감각이 무뎠다. 가늘게 벌어진 눈꺼풀 사이로 빛이 느껴졌다. 그 빛을 당기며 의식을 깨우려 했지만 버거워 이내 감는다. 시도가 좋았던 탓일까. 굳어 있던 의식이 몸의 구석구석으로 퍼진다. 희미한 소독약 냄새와 싸구려 매트리스. 내가 있는 곳이 짐작이 갔다. 얼마 못 가 천이 부스럭거리는 소리와 걱정 가득한 목소리가 들렸다.

"좀 괜찮으세요?"

나는 목소리의 주인을 확인했다. 학교에서 근무하고 있는 또래의 양호 선생님이었다.

"방금 앓는 소리가 나길래 와봤어요. 의식을 찾으셔서 다행이에요."

"어떻게 된 거죠?"

"복도 끝에서 발견되셨대요. 잠깐 정신을 잃으셨어요."

혹시 모른다. 나는 이불 아래로 주먹을 말아 쥐며 그녀를 향해 물었다.

"그럼… 제가 혼자 있었나요?"

"네. 마침 옆 반에 있던 최 선생이 이리로 모셔온 거예요. 양호실에 오시는 길이었다면서요?"

역시 꿈이었구나. 중학생인 준희가, 그것도 학교에 있어야 할 아이를 마주쳤다는 건 애초부터 말이 안 됐다. 나는 안도한 척했지만 딱딱해진 혀를 입안에서 굴렸다.

"몸살 기운이 있었어요. 제가 얼마나 이러고 있던 거예요?"

"한 시간 반 정도? 저… 안 선생님, 이러신 적이 또 있으셨어요?"

나는 없다고 말했다.

"솔직하게 말씀해 주세요. 안 선생님 건강이 달린 문제니까."

"전날 안 하던 술을 하기도 했고 옷을 너무 얇게 입고 다닌 것 같아요. 오늘 아침 운동장 조회도 있었잖아요. 제가 아침부터 여러 사람을 번거롭게 해드렸네요."

그녀는 연신 내 팔을 주무르고 있었다.

"어휴, 그런 말씀 마세요. 그나저나 지금 안 선생님 일 교장 선생님도 알고 계시거든요? 남은 수업은 걱정하지 마시고 댁에 가서 쉬시라고 말씀하셨어요."

고작 감기 기운이 올라오는 것 가지고 집에 가라니. 혹독한 생리통 중에도 수업을 이어나가는 여교사들에게 연장자로서 보여서는 안 되는 꼴이다. 과도한 교장 선생님의 배려는 간혹 나를 당황스럽게 했다.

"누가 감기로 조퇴를 해요. 저 일어날 수 있어요, 일어날게요."

몸을 일으키려 서둘러 덮고 있던 천을 걷었지만, 양호

선생은 나의 양쪽 어깨를 부드럽게 눌러 도로 눕혔다.

"정말 괜찮아요. 폐는 무슨. 우리끼리 그런 말씀 하지 마세요. 자꾸 그러시면 저 서운해요."

나는 그녀의 손에 내 손을 올리며 미안함을 대신 표현했다. 양호 선생의 말에서 느껴지는 따뜻한 마음 때문이기도 했지만, 딱딱한 침대에 누워 누군가의 병간호를 받으니 정말로 아픈 사람이 된 것만 같아 괜스레 감정적으로 된 탓이 컸다. 그녀는 준비한 말을 하려는 듯 인위적인 미소를 지었다. 어쩐지 그 온화한 표정이 공포스럽게 느껴졌다.

"실례가 될까봐 그동안 참았는데… 저는 안 선생님이 괜찮아지셨으면 좋겠어요."

'요즘은 좀 괜찮아? 보기에는 좀 나아진 것 같은데.'

그 순간 은영이 나에게 했던 말이 머리에 스쳤다. 지금까지 모든 것을 엉망진창으로 만든 말을 여기서도 듣게 되다니. 마지막 기회일 수 있다. 요새 들어 내 일상을 의문으로 만들고 있는 이유를 알아내야 한다.

"…뭐가요?"

낚아챈 양호 선생의 손목을 세게 움켜잡으며 물었다.

"네?"

"대체 뭐가 괜찮아지면 좋겠냐고요."

도대체 무엇으로부터 괜찮아야 하는지 말하라고. 당신이 하는 말은 뭐든 믿을 테니, 뭐라도 말해 달라고.

"…그야 당연히 안 선생님이죠."

그렇지만 기대와는 달리 그녀의 대답은 나를 더 혼란스럽게 만들어버리고 말았다.

*

장마철인 듯 퍼붓던 거센 빗줄기는 어느새 멈춰 있었다. 이마는 펄펄 끓었고 입고 있는 옷은 수만 개의 작은 바늘이 달린 듯 살을 찔렀다. 나는 흥건한 바닥에 붙어 있는 플라타너스 잎을 바라보며 푹 쉬고 오라던 교장 선생님의 얼굴을 떠올렸다.

아파트 입구에 들어선 건 점심시간도 되지 않았을 때였다. 현관문을 열자 익숙지 않은, 그러나 금방 누구의 것인지 알아차리고 마는 신발들을 발견했다.

"…엄마?"

뜻밖에 거실에는 친정 엄마와 언니가 남편과 주방에

모여 있었다. 최근 학회 논문 때문에 바쁘다던 언니가 내 집에는 무슨 일일까. 카페에 있어야 할 남편은 또 왜.

"언니까지 웬일이야?"

"웬일은 너 보러 왔지."

거짓말이다. 자신 의외의 사람에게 시간을 쓴다는 걸 인생의 죄악으로 생각하는, 그렇기에 변변한 연애 사건 없이 독신이 된 그녀가 이 늙은 여동생을 보러 왔을 리는 만무했다.

"무슨 일 있어?"

나는 핸드백을 거실 바닥에 내려놓고, 흘러내린 머리칼을 쓸어 넘기며 물었다. 가족들과 시선을 맞출 때는 오늘 학교에서 일어난 일을 말하지 않기로 마음먹은 뒤였다.

"혜림이 어서 여기에 좀 앉아."

친정 엄마가 강압적인 말투로 말했다. 나는 평소와 다른 그녀의 태도를 느꼈음에도 모르는 척 테이블 의자에 몸을 붙였다. 식탁 구석에 오늘 아침 준희를 위해 따라

놓은 우유 잔이 희뿌연 막을 만든 채 굳어 있는 모습이 보였다.

"안혜림. 인간적으로 이제는 좀 그만해야 하는 거 아니야?"

예상과 달리 먼저 폭언을 던진 것은 언니였다.

"뭘?"

"예전에 너 대학 다닐 때 하던 짓 보고 분명 이럴 날이 올 줄 알았어."

캠퍼스를 거닐면 지성인이 된 것만 같은 얄팍한 치기가 스무 살에게 전염병처럼 퍼졌을 때였다. 우리 학교는 여자들만 모여 좀 덜했지만 남녀 공학 캠퍼스는 조용할 날이 없는 시기였다. 그 시절 대학생은 두 부류로 나뉘었다. 시위에 나가 학업을 등한시하는 부류, 혹은 공부나 연애에 시간을 할애하는 부류로 말이다. 나는 어느 곳에도 속하지 않았다. 정확히 말하면 꼭 어느 부류에 속해야만 하는 건가 싶었다.

"선생 되고 1년 만에 한 짓을 생각해도 물론 답은 나오지. 네가 너를 망치면서까지 집착하는 것에 집착하는 거. 너의 그 이상한 특질을 나는 넘기지 말았어야 했어."

갑자기 청문회라도 하는 건가. 무슨 말을 하기 위해 먼지 묻은 과거를 들먹이는지 모르겠지만 호전적인 말투를 마냥 듣고만 있는 시간 낭비를 하고 싶지 않았다.

"할 말 있으면 바로 해. 언니답지 않게 왜 빙빙 돌려?"

"너는 남들이랑 같이 안 가. 꼭 일부러 멀리 떨어져서 걷는 사람 같아."

"그래서? 그게 문제야?"

"문제? 문제는 문제지. 터졌으니까. 남들은 되지 못해 안달인 교사 돼 놓고 머리 깎겠다고 했을 때 기억 안 나? 그때 너 때문에 엄마 아빠가 얼마나 속을 끓였니?"

눈이 번쩍 뜨였다. 남편에게 말한 적 없는 일이었다. 고개를 돌려 그의 낯빛을 확인했지만, 표정에는 어떤 파동도 일지 않았다. 마른하늘에 날벼락도 유분수지. 가뜩이나 몸이 아픈 지금 남편이 몰랐으면 하는 치부를 들키고 나니 서러움이 치솟았다. 나는 언니를 노려보았다.

"…그 일. 준희 아빠한테 다 말했어?"

"그럼. 내가 오늘 그 말을 들었는데 네가 짐 싸 들고 절에 들어가다 잡힌 얘기도 못해?"

"왜? 왜 말했어, 왜?"

"그때 알아봤어야 했는데! 넌 더한 짓도 할 수 있는 애라고. 이제는 제발 남들처럼 살려고 노력 좀 해봐. 여기서 더하면 정말 유난 떠는 것밖에 안 된다고."

"얘! 너는 어쩜 유난이라는 말을 하니?"

참고 있던 친정 엄마가 그녀의 말을 가로챘다.

"멀쩡한 애도 아닌데, 어떻게 유난이라고 해? 좋게 말하기로 해놓고 또 이렇게 엇나갈 거야?"

"이 정도면 유난이지 뭘 그래? 안혜림. 너는 'Life goes on'이라는 말도 몰라? 폐허가 된 체르노빌에서도 다시 동식물이 살기 시작한대. 너도 이 정도 시간 지났으면 됐잖아? 꼭 너 하나 때문에 이렇게 모든 가족이 힘들어야겠어? 엄마 아빠도 그렇고 준희 아빠도 불쌍해. 자기 부모랑 연까지 끊…!"

내가 언니의 말에서 이해할 수 있는 건 체르노빌에 관한 설명뿐이었고, 문맥상 눈치챌 수 있는 건 그녀의 기준에서 나는 제정신이 아니라는 것이었다.

요새는 감기처럼 많은 사람들이 가벼운 정신질환을 가지고 있다고 들었다. 의사라는 직함을 앞세워 나를 비정상인으로 모는 언니의 졸렬함은 이해할 수 없지만 무시해도 될 만한 수준이라는 건 잘 알고 있었다.

내가 왜? 나는 평생직장이라고 불릴 만한, 더불어 사람들의 존경을 받는 보통 이상의 사람이다. 어디 내 나이에 서울 부도심에 본인 명의로 된 50평대 아파트와 안정적인 직업을 가진 여자가 흔할까? 이런 내가 이상해 봤자지. 언니가 이상하다고 하는 정도는 개성이라 불려도 무방할 것이다.

"됐다. 정신과 의사라는 게 세상에 하나밖에 없는 동생한테 말을 그렇게밖에 못 하니?"

어머니는 이해할 수 없는 것들을 보면 짓밟아버리는 언니의 성격을 나만큼 잘 알고 있는 사람이었다. 말투를 핑계 삼아 큰딸을 나무라더니, 내 얼굴을 슬쩍 살피셨다. 어차피 나는 언니가 지적하는 지난 잘못들을 이미 어렸던 시절의 객기라 합리화한 지 오래였다. 나 스스로를 문제가 없는 사람이라 여기는 데 부끄러움도 없었다.

"엄마. 동생이니까 더 필요한 말만 해주는 거야."

"너를 데리고 오는 게 아니었는데. 내가 해결할 테니까 방에 들어가라."

자기 말이 곧 법이라 생각하는 큰딸의 입을 막을 수 있을 정도로 단호한 말투였다. 흔히 볼 수 있는 광경이 아니었지만, 남편은 테이블 아래로 손을 내린 채 시선을 땅에 떨구고 있었다. 언니는 동생 부부 앞에서 보인 모습에 자존심이 상했는지 의자를 세게 밀고 일어났다.

그런데 잠깐. 여기서 난 분명히 짚고 넘어가야 할 문제가 있다. 나를 겉으로만 아는 이들까지는 찝찝해도 참고 넘어가려 했다. 하지만 피를 나눈 가족마저 나를 나아질 게 있는, 일어설 게 있는 문제 있는 인간으로 모는 것은 참을 수가 없다. 아무 말 없는 남편을 봐도 동조하는 눈치인데, 여기까지가 한계다. 나는 애꿎은 친정 엄마를 향해 따지듯 물었다. 그럴 수밖에 없는 선택이었다.

"요새 진짜 다들 왜 이래? 그만 좀 괜찮으냐고 물어. 안 그래도 신경 쓰이는 게 많으니까 그만 좀 해달라고!"

"여보."

입을 꾹 다물고 있던 남편이 그만두라는 듯 내 허벅지에 손을 올렸다. 나는 컵에 가득한 우유를 보며 그의 손을 거칠게 뿌리쳤다.

"당신도 잠자코 있다가 그만하라고만 하지 마. 이것 봐. 당신은 도대체 애 아빠로서 뭐 하는 사람이야?"

"얘! 그게 무슨 소리야?"

갑자기 하나밖에 없는 사위에게 불똥이 튀자, 친정 엄마는 서둘러 중재에 나섰다.

"이것 좀 봐! 내가 준희 주라고 한 우유가 왜 여기 그대로 있어? 평일에 애를 도통 깨우기를 하나, 주말에 제대로 된 대화를 나누기를 하나. 애는 그냥 크지? 집 밖에 재미있는 게 너무 많지? 그나저나 오늘 학교에 데려다

주기는 했어?"

언니에게 당한 설움이 남편에게 증폭되어 나온 건 사실이었다. 그래도 홧김에 없는 말을 지어낸 것은 아니었다. 사업을 넓히는 것도 좋지만, 아들을 대체 어디까지 방치할 셈일까. 같이 일을 하는 마당에 점점 아들에게 소홀해지는 남편이 야속하다 못해 미워질 지경이었다.

"야, 안혜림!"

그때 거실 소파에 앉아 이야기를 듣던 언니가 주방으로 다가와 소리쳤다.

"그만 좀 해. 없는 애 타령 언제까지 할 거야?"

어이가 없었다. 없는 애라니. 언니를 보는 시선에 손으로 입을 가리고 놀라는 친정 엄마와 좌절한 듯한 남편의 모습이 보였다.

"애가 학교에 가면 없어? 언니는 결혼을 안 해서 모르는 거야. 아이가 있으면, 엄마는 자연스럽게 모든 신경이 아이에게로 간다고."

"참 나."

골드미스에게 아이와 엄마 마음을 운운한 건 전쟁을 선포한 것과 다름없었다. 팔짱을 끼고 있던 언니는 경멸하듯이 나를 내려다보았다.

"애 그렇게 신경을 쓰시는 분이 그럼 어젯밤 욕조에서 왜 죽으려고 했어?"

"…내, 내가, 언제?"

나는 무기력하게 되물었다. 순서 없이 어질러진 기억을 더듬거리며 분주히 답을 찾기 시작했다. 뭐든 대답할 만한 것이면 좋을 텐데. 사고 회로가 멈춘 것 같았다. 떠오르는 그럴싸한 답이 없었다. 꿈에서 나는, 아니 현실이든 뭐든 확실히 알지 못하지만 어쨌든 나라는 존재는 충동적으로 벌인 욕조에서의 일을 자살까지 성공시키지 못했다. 그 다음 어렴풋이 기억나는 건 누군가 부드러운 천으로 몸을 감싸 침대에 눕혔다는 게 다였다. 악몽이라고 생각했는데. 정말 그런 줄 알았는데. 언니의 말대로 난 정말 죽으려 했던 것일까? 그렇다면 대체 왜? 나는 사는 게 버거웠던 적이 없다. 힘든 일상을 사는 사람도 아니다.

"그러길래 준희 장례식 끝나고 바로 상담 받으라고 했잖아. 왜 이렇게 병을 키워? 잔말 말고 내일부터 박 선생한테 예약되었으니까 우리 병원에 와. 알았어?"

"준희, 장…례식?"

파랗게 뜬 준희의 얼굴. 내가 학교에서 쓰러지기 전 마지막으로 본 건 그것이었다. 준희의 이름이 쓰인 명찰을 봐서도, 준희의 볼에 돋아난 솜털을 보았기 때문도 아니었다. 아이의 얼굴은 한눈에 보기에도 오랫동안 뜨끈한 피가 흐른 적 없어 보이는 단백질 덩어리에 불과했다.

정말 준희가 죽었다면 오늘 낮에 내가 겪은 일은 꿈이었을까, 아니면 현실이었을까. 머리가 깨질 듯이 아팠다. 누군가 기억이라는 거대한 덩어리를 귀마개나 간신히 들어가는 내 작은 귓구멍에 마구 쑤셔넣고 있는 것 같았다.

"거짓말 하지 마! 준희가 왜 죽어!"

나는 발을 구르며 소리쳤다. 준희의 장례식이라니. 기절하고 싶었다. 토악질을 하고 싶었다. 악을 쓰는 나를 진정시키려는지 남편은 팔을 벌리고 달려들었다. 상황을 지켜보던 친정 엄마는 흐느끼기 시작했고, 언니는 고개를 돌렸다.

"준희가 죽다니! 그게 무슨 말인데!"

말도 안 된다. 이건 현실이 아니다. 나를 제압하려는 남편에게서 필사적으로 몸을 떼며 소리쳤다. 얼굴을 타고 흘러내린 눈물이 금방 목을 흥건히 적셨다. 나는 침인지 눈물인지 모르는 것을 남편의 얼굴에 뱉으며 준희의 이름을 불렀다. 참지 못한 엄마가 내 등에 손바닥을 내다 꽂았다.

"왜 이러니 도대체! 아무리 그래도 산 사람은 살아야지. 어떻게 죽을 생각을 해. 그것도 죽은 사람 염하는 것도 아니고 몸에 구멍이란 구멍은 다 막으면서!"

"어떻게 나한테 그런 말을 해!"

엄마는 간절하게 산 사람은 살아야 한다고 말했다. 누

가 살고 누가 죽었지? 되려 묻고 싶은 사람은 나였다. 내 속에서 죽은 사람은 이준희가 아닌 안혜림이었으니까.

나는 눈물로 범벅이 된 노모의 얼굴을 보자, 묻어놓은 시간들을 손으로 더듬는 것 같았다. 일전에 나를 추격한다고 생각하던 삶이 볼품없이 연약해지는 순간이었다. 앞으로 인생은 나를 끌고 가지 못하고 내 손에 끌려 다닐 것이다. 왜? 산 사람은 살아야 한다니까.

이런 건 내가 원하는 삶이 아니었다. 생각할수록 억울함과 분노가 목구멍부터 항문까지 가득 찼다. 도대체 누가 이런 일을 꾸민 걸까. 당장 찾아가 따지고 싶었다. 멱살을 잡고 그 가증스러운 얼굴에 침을 뱉지 않으면 이 자리에서 숨이 끊어질 것만 같다.

"넌 내 자식이야. 난 내 자식 죽는 꼴은 절대 못 본다."

나는 붉은 금이 간 친정 엄마의 눈을 보며 내가 할 수 있는 건 숨을 이어나가는 것뿐이라는 걸 깨달았다.

*

나는 하루 만에 준희를 잃었고, 가정도 잃었고, 나 자신을 잃었다. 믿을 수 없었다. 아침에 방문을 열었을 때 아이가 피곤하다고 생각하는 게 고작이었다. 절대 잊을 수 없을 것이다. 골수까지 얼려버릴 듯 맹렬했던 아이의 찬기를.

자식의 장례식에 앉아 있는 어미라니. 병원에 옮겨 상복을 입고 앉아 있을 때까지 믿을 수 없었다. 감히 상상해본 적도 없었다.

"아이고! 우리 새끼가 웬일이냐 이게!"

내 아이의 죽음을 현실로 받아들인 것은 당일 버스표

를 구하지 못해 다음날 도착한 시댁 식구 덕분이었다. 시골에서 올라온 시부모님은 향 앞에 납작 엎드리며 울부짖었다.

"아이고… 아이고…."

주름진 입에서 나온 한 섞인 울음소리가 사람들의 소리와 섞였다. 시아버지는 흰 국화꽃에 파묻혀 있는 준희의 영정사진을 집어 아이의 얼굴을 쓰다듬었고, 시어머니는 주먹으로 가슴을 수차례 내려치며 오열했다. 장례식장 안의 사람들은 눈물을 훌쩍이며 두 사람의 모습을 숨죽여 지켜보았다. 마침 나는 친정 엄마의 성화에 못 이겨 첫 끼니를 목에 넘기려 할 때였다.

"너, 어미!"

시아버지는 나를 죽일 듯 노려보며 준희의 영정사진을 바닥에 내던졌다. 액자가 부서지는 소리와 함께 파편이 날렸고, 사람들은 소리쳤다. 눈 깜짝할 사이였다. 그는 식탁을 뛰어넘으며 나에게 달려들었다. 그의 품에서 술 냄새가 희미하게 풍겼고, 시야를 메운 누런 송곳니에는 살기가 가득했다.

"제 새끼도 돌보지 못하는 게 뭐 잘났다고 선생질을 했냐?"

나는 한 입도 넘기지 못한 육개장을 얼굴로 받아냈다.

"아버지!"

남편이 소리치는 것을 본 것은 처음이었다. 도리에 벗어나는 행동을 하지 않던 그가 대든 게 처음인지라, 시아버지는 후레자식이라며 그대로 아들의 뺨에 손바닥을 내다 꽂았다. 나는 그 장면을 보며 눈물을 흘리고 싶었지만, 끝끝내 나오지 않았다. 상황을 함께 지켜본 친정엄마가 꼬깃꼬깃한 가제 수건을 내게 건네줄 때도, 여린 준희의 몸이 화염에 삼켜질 때도, 뽀얀 뼛가루가 담긴 함을 봉안당에 두고 올 때도 눈가는 말라 있었다.

남편은 그 일이 있고 난 후 시댁 식구들과 왕래를 끊었다. 나는 시부모에게 전화가 올 때마다 휴대폰 전원을 꺼버리는 남편을 보면서도 울지 않았다. 나중이 돼서 든 생각이지만 이때 한 방울의 눈물을 흘렸다면 지금과 다를 수도 있겠다 싶었다.

장례식이 끝나고 얼마 지나지 않은 날이었다. 나는 집으로 돌아와 저녁 식사를 준비하고 있었다. 된장찌개를 끓이고, 양파와 마늘을 넣어 버섯을 볶았고, 친정 엄마가 보내준 파김치를 식탁에 내놓았다. 구수한 된장 냄새가 집 안을 채웠다. 때마침 울린 알람 소리에 맞춰 전기밥솥 뚜껑을 열었다. 후끈한 증기를 얼굴로 쐬며 옆에 있던 주걱을 손에 쥐었다. 그리고 세 공기의 밥을 퍼냈다.

김이 모락모락 올라오는 밥공기 세 개를 보고 나는 입을 틀어막았다. 기가 막혔다. 아직 손에 들려 있던 주걱이 방금 살인을 끝낸 칼처럼 날 두렵게 했다. 나는 그 흉물스러운 것을 싱크대에 던져버렸다. 죽은 아이가 먹을 밥을 내 손으로 펐다니. 나는 식탁에 차려져 있는 음식들을 내던졌다. 된장찌개가 담긴 뚝배기는 거의 소파 앞까지 날아가 산산조각이 났고, 양파 버섯볶음과 파김치도 바닥에 쏟아져 있었다. 더러운 죄들. 음식을 삼키는 것보다 더 참을 수 없는 건 먹을 음식을 만드는 일이었다.

나와 남편이 잠들어 있던 새벽에 준희는 원인을 알 수 없는 심정지로 세상을 떠났다. 언제 죽었는지도 모르게 숨을 거둔 아이는 죽고 나서야 구급차를 탔고 영면했다. 정말 나는 제 새끼도 돌보지 못한 선생이었을까. 하지만 나는 아이가 죽도록 만들지 않았다. 전날 준희에게 한 것이라고는 잘 자라며 아이의 가느다랗고 촉촉한 머리카락을 쓰다듬고, 뽀송한 이마에 입을 맞춘 것이 다였단 말이다. 솔직히 딱 한 가지 양심에 걸리는 게 있다면 평범한 내일을 기다리며 잠을 청했다는 것이다. 아이의 숨이 넘어가는 그 시간에 전날의 노곤함 따위나 풀겠다고 어미라는 존재가 잠을 처자고 있었다는 것, 이것 하나만큼은 명치에 걸려 내려갈 생각을 하지 않는다.

그동안 아이의 심장에 문제가 있다는 걸 눈치챌 수 있지 않았을까? 혹시 숨이 넘어가던 소리가 우리가 잠들어 있던 침실까지 넘어오지는 않았을까? 도대체 인간은 자신을 위해 어디까지 무지할 수 있는 것일까.

"무슨 일이야!"

놀란 남편이 달려나와 물었다. 나는 식탁을 뒤집어엎고 난 후 머리를 흔들며 비명을 지르던 중이었다. 피가 쏠려 금방 얼굴과 목이 붉게 변했다. 손가락에 감겨 있던 한 가닥의 파김치가 바닥에 떨어졌는지, 고춧가루가 닿은 살이 얼얼한지, 찌개 국물에 데인 손가락에 물집이 잡혀 있는지, 예리한 것에 긁힌 손등에서 가느다랗게 피가 맺혀 있는지는 알지 못했다.

뱉는 비명소리에서, 흔드는 고갯짓에서 이 슬픔이 빠지면 좋으련만. 300여 개가 채 안 되는 온몸의 뼈가 진동하며 응축된 슬픔이 한꺼번에 터져나왔다. 칼, 칼이 필요하다. 음식을 지을 손을 잘라버려야지. 나는 칼을 쥔 손을 보며 우는 법을 모르고 울었다. 사색이 된 남편은 위험을 무릅쓰고 내가 쥐고 있던 칼을 빼앗았다. 우리는 벌러덩 누워 천장을 보며 악을 쓰고 울었다. 남편이 입고 있던 흰옷에는 붉은 선혈이 이곳저곳 번져가고 있었다. 그것이 누구의 피인지 아는 사람은 없었다.

그 후 남편은 회사에 적응하지 못했다. 전부터 시작된 마음인지는 모르겠지만 확실히 그 일이 있고 난 후에는 대놓고 힘들어 했다. 좁은 책상에 앉아 미어터지는 슬픔을 감당하기 힘들었을 것이다. 그 때문에 카페를 차리겠다는 남편의 말에 유일하게 찬성의 표를 던진 건 나였다. 자영업에 도전했다 파산하는 회사원이 얼마나 많은 줄 아느냐는 질문을 많이 받았지만 그렇게 해서라도 둘의 앞날을 위험에 빠뜨리는 것이 내가 할 수 있는 최선이었다.

나는 꾸역꾸역 학교에 나갔다. 처음에는 동정 어린 시선의 선생들을 피해 다니느라 바빴다. 말을 걸까 싶어 일부러 창밖을 보기를 수천 번. 나는 책상에 쏟아지는 햇빛들을 보다가 절기에 따라 달라지는 그들 나름의 규칙을 찾아냈고, 그러는 동안 동료 교사들은 나를 교무실 집기처럼 대했다. 잠자코 먼지를 받으며 입을 다물었고, 상하지 않기 위해 적당한 보살핌을 감사히 받았다.

학교로 돌아간 후에는 맡았던 담임을 다른 선생에게

부탁했다. 교장 선생님의 배려로 가능한 일이었다. 그러나 교장의 배려도 금방 감당하기 버거운 것이 되어버렸다. 감사하다고 말할 때마다 '저는 아이를 잃은 엄마입니다'라고 이마에 글씨를 새겨 넣는 것 같았다.

주인을 잃은 준희의 방은 아무것도 건드리지 않았다. 죽은 날과 똑같이 유지하며 방문을 닫고 지냈다. 그렇게 하면 아이가 아직 방에 있는 것 같았다. 문을 열었을 때 보이는 물건은 유일하게 부모를 위로해 주는 것이었다.

그렇게 6개월이 지났을 무렵이었다. 유달리 더웠던 여름날이었다. 오랜 장마 끝에 뜨거운 햇살이 아스팔트를 달궈 나는 얼굴이 벌게진 채로 집 안에 들어섰다. 방학이 되어 며칠 만에 밖을 어슬렁거리다 돌아온 참이었다.

"아버님, 어머님! 뭐 하세요?"

제멋대로 들어온 시댁 식구는 준희의 방문을 열고 온갖 것들을 거실에 쌓아놓고 있었다.

"너야말로 뭐 하고 있는 거냐? 죽은 사람 잘 지내라고 옷가지를 태워야 하는 것도 몰라?"

그 여섯 평짜리 준희의 방은 나에게 유일하게 남은 것인데. 11년 전, 내 주먹만한 자궁에 붉게 자리 잡는 것으로 시작해 사라진 아이는 오로지 그 안에서만 느낄 수 있는데. 이마저도 잃을 수는 없었다. 눈앞에서 아직 아이의 머리칼이 남아 있는 것들을 말이다.

"안 돼요! 이리 주세요!"

나는 태어나 처음으로 잃지 않으려 필사적이었다. 시어머니가 안고 있는 준희의 베갯잇, 시트, 이불을 빼앗고 그녀를 밀쳤다. 보이는 건 준희의 유품뿐이었다.

칠순이 넘긴 여자가 광분한 어미의 힘을 감당할 리는 없었다. 시어머니는 그 자리에 주저앉았고, 시아버지는 앞니로 아랫입술을 꽉 물며 왼쪽 뺨을 세게 내려쳤다. 아프지 않았다. 감히 아픈 것을 논할 때가 아니었으니까. 나는 무릎으로 바닥을 기며 흩어진 아이의 물건을 품에 끌어당기기 바빴다.

"미친 것! 어디 시어머니를! 네가 이러니까 우리 동규도 갑자기 회사를 그만두겠다는 거야. 이럴 때 마누라라고 있는 게 옆에서 제대로 챙겨야지. 죽은 애 물건이나 끌어안고 있으니, 걔가 오죽 답답했을꼬. 쯧쯧쯧."

나는 준희의 물건들을 등 뒤로 숨기느라 정신이 없었지만, 이것만은 말해야 할 것 같았다.

"저 그거 아는데요, 아직은 못하겠어요. 어머님, 아버님 제발요. 제가 이렇게 빌게요."

나는 필사적으로 애원했다. 그제야 맞은 뺨이 얼얼한 게 느껴졌다. 제발 이것만은. 날 버린 하늘도 지금은 내 손을 잡아주기를. 다 녹아빠진 내장이라도 꺼내 바치겠으니, 그들이 아무것도 건드리지 않고 돌아가기를 바랐다. 나는 빌었다. 빌고 또 빌었다. 눈물과 땀에 젖은 머리카락을 정리할 사심도 채우지 않았다. 눈을 감아도 화가 난 시부모의 얼굴이 보였다.

시부모는 기어코 준희의 이불이며 팬티 할 것 없이 모두 시골 집으로 가져갔다. 집 마당에서 태우겠다는 말과 함께. 남편이 퇴사하기 바로 며칠 전에 일어난 일이었다. 조출하게 마지막 회식을 하겠다는 그를 기다리며, 나는 그날의 일을 피부 속으로, 뼛속으로, 깨진 영혼으로 흡착시켰다.

그 다음날 어느 때보다 가뿐해진 몸으로 잠에서 깨어났다. 남편은 나에게 안색이 밝아졌다 말했고, 나는 그래? 라고 물으며 거울을 들여다봤다.

나는 그날부터 잃은 것이 없었다.

피로 섞여 들어간 슬픔, 피부를 뚫고 나오지 못한 원통함, 그럼에도 숨을 이어 나가려는 추한 생존 욕구를 이해할 사람은 나를 포함해 이 세상에 존재하지 않기에 도려내야만 했다.

*

나는 누구도 믿지 않으려 해
함부로 사람의 심장에
나는 쓰라림을 쏟지 않으려 해

생의 끝까지 달릴 거야
입을 악물고 버틸 거야

버티고 버티다 마주한
죽은 자들의 얼굴 앞에서
나는 핏물이 가시지 않은 혀부터 썩힐 거야

*

눈을 퍼뜩 뜬 나는 뜨거운 숨을 토해냈다. 커튼 사이로 해가 뜰 기미가 없는 어두컴컴한 하늘이 보였다. 가라앉은 어둠이 목을 조르는 새벽. 나는 이불을 걷고 일어나 맨바닥에 발을 딛고 섰다.

무언가 희끗한 빛을 반사했다. 화장대 위 쪽지였다. 나는 이를 악물고 걸어가 그것들을 손에 쥐었다. 5월 29일, 1월 4일, 9월 14일, 3월 27일. 날짜가 쓰여 있는 면을 뒤집어 각진 글씨를 읽었다.

"결혼 기념일, 안혜림 생일, 이동규 생일, 그리고…."

나는 세 번째 장까지만 읽고, 마지막 장은 다시 숫자

가 있는 면을 앞으로 두었다.

“3월 27일. 준희 기일.”

읽는 눈도 뱉는 입도 어색한 말. 앞으로도 영원히 준희의 이름과 기일을 합쳐 부르는 것은 익숙해지지 않을 것이다.

언젠가 남편이 나를 위해 써 놓은 메모였다. 대놓고 정신 차리라고는 못하겠으니 내 손으로 이걸 보고 멀쩡해지길 바랐나 보다. 과연 그다운 방법이었다. 그의 바람과는 달리 나는 이 메모를 잊고 지냈지만, 이제는 기억할 수 있었다. 이럴 때마다 아이의 죽음에 적응해 나가는 것만 같아 나를 새로운 방법으로 괴롭게 했다. 나는 화장대 의자에 쓰러지듯이 앉았다. 고개를 가누지 못하는 사람처럼 머리를 숙이고 텅 빈 자궁 위를 손으로 쓰다듬었다. 다시 정면을 바라보았다. 거울 속에는 나였을 내가 나를 바라보고 있었다.

어떻게 살아야 할까. 준희는 나 자신이었다. 때로는 남편보다 더 의지하는 존재였다. 잘살아야 하는 이유, 잘

살게 해줘야 하는 이유. 이 두 가지 의무는 나의 인생을 내외적으로 굴러가게 하는 톱니바퀴 같았다. 가끔은 준희와 보이지 않는 탯줄로 아직 이어져 있을지도 모른다고 믿었다.

다시 두 발로 이 집을 나갈 수 있을까. 침실을 벗어나 아파트 밖을 나서야 하는 게 이렇게 겁이 날 수가 없다. 어떻게 학교로 가는 버스를 타며, 어떻게 학생들의 얼굴을 보며, 어떻게 칠판에 지식을 적어내려 갈까. 아무것도 할 수 없을 것만 같다. 이제 모든 걸 잃었다는 사실을 공공연하게 받아들여야 한다.

대체 누가, 어떤 종자가 신은 인간이 감당할 수 있을 만큼의 고통을 준다고 했을까. 그따위의 말은 어느 날 갑자기 가족을 잃은, 그것도 자식을 잃은 부모에게는 해당하는 말이 아니다. 경험자로서 한 마디 하자면, 이런 거지 같은 일은 부연 설명이 필요 없이 당하지 말아야 하는 사건이다. 아예 없어야 할 일이란 말이다. 광활한 줄로만 알았던 자신의 삶이 비좁은 독방으로 걸어 들어가는 것을 두 눈으로 봐야 한다. 그것만이 할 수 있는 유일한 것임을 알고 또다시 고통을 받아야 한다. 그뿐만인가? 부모는 그 방에 수감되는 죄인이고, 형량은 영혼이 심장을 잃을 때까지이다. 잠을 잘 때도, 일을 할 때도, 밥을 떠먹고 용변을 볼 때도 결코 철창 안을 벗어날 수가 없다.

같잖은 위로의 목소리는 기가 막혔다. 사람들은 입을 맞춘 듯 말했다. 시간이 지나면 마음의 짐도 가벼워지는 법이라고 무식을 떨어댔다. 그 잔인함 앞에서 화를 내보기도 하고 눈물을 흘려도 봤다. 돌아오는 건 나아지지 않는 나를 비정상으로 몰아세우는 것뿐이라 그럴 때마다 살의가 소리 없이 끓었다. 그들의 말대로 내가 못나서 혹은 모나서일 것이다. 나는 이렇게 이해하기로 했다.

지금에 와서야 알게 되었다. 이 세상은 나를 위로할 수가 없다는 것을. 세상이 만든 상처인데 세상에서 위로를 받으려는 건 애초부터 틀린 생각이었다는 것을. 누구에게도 안기지 못한 가슴을 박살내고 싶었다. 다시는 폐속에 숨을 넣을 수 없게 만들어 외로움을 죽일 것이다.

기억을 담고 있는 머리가 너무나 좁다. 담아야 할 악몽이 너무 크다. 울음이 그치지 않았다.

*

소리가 나지 않도록 미닫이문을 밀고 발코니로 나갔다. 밤공기를 머금은 차가운 타일 바닥에 정신이 날카롭게 깨어났고 조금의 망설임 없이 무거운 문을 열었다.

"하…."

틈이 생기자마자 물기를 머금은 바람이 세차게 몰아쳤다. 취기처럼 감기가 퍼진 몸에 찬 공기가 파고들었다. 나는 까마득한 아래로 시선을 떨어뜨렸다. 지난밤 다시 비가 내렸는지 가로등 불빛에 번들거리는 산책로가 눈에 들어왔다. 빗물에 젖은 바닥이라니. 빠르게 번지겠지 싶었다. 저 위에 누워 있을 여자를 상상해 봤다. 나는 눈을 뜨고 있을까 아니면 감고 있을까.

저 바닥을 향해 곤두박질치면 이 생에서 벗어날 수 있다. 7층이라는 게 좀 불안하기는 해도, 곧장 콘크리트로 만든 보도블록으로 떨어지면 승산이 있다. 마지막 자유를 느끼며 찬 바람에 볼이 시리다는 생각이 들자마자 단박에 끝이 나겠지. 모든 고통에서 벗어나는 기회이자, 인생을 끌고 가지 않아도 되는 찬스! 나는 죽음으로 인생과 나 사이에 완벽한 벽을 세울 것이다.

이제 저곳이 돌아가야 할 내 집이다. 나는 주문을 외듯 중얼거리며 방충망을 열었다. 찬기가 섞인 바람이 발등을 할퀴며 발코니 안을 음산하게 울렸다. 검은 새벽하늘에 얼마 남지 않은 날숨이 하얗게 번져나갔다.

물방울이 맺힌 창살에 손을 감고, 매니큐어가 발라져 있지 않은 초라한 발을 들어 받침대를 지지하고 섰다. 그 생경한 차가움에 등골이 오싹할 정도였다. 이게 죽음의 느낌과 비슷할까. 뜨거움이든 차가움이든 둘 중 한쪽에 가까운 느낌일 것 같다. 매달린 채로 검은 머리카락이 물결치며 날렸다. 나는 귓가를 스치고 지나는 바람소리가 친정 엄마의 목소리처럼 들렸다. '살아 있으니 살아라.' 끊임없이 말하고 있었다. 나의 착각이 진짜라고 해도 마음을 돌릴 생각은 없었다. 사는 것을 죽는 것보다 두려워하며 꽤 오랫동안 버텼다. 깨진 삶은 버려져야 마땅하다.

눈을 감고 다리 한쪽을 번쩍 들었다. 하지만 때마침 윙하는 소리와 함께 몰아친 바람이 나를 안으로 밀었다. 중심을 잃고 쓰러진 나는 몸을 바닥에 떨어뜨렸고, 세게 부딪힌 꼬리뼈가 욱신거리기 시작했다. 잊고 있던 오기가 이를 악물게 했다. 다시 난간에 손을 올리고, 아까보다 더 높게 다리를 들었다. 냉기를 머금은 철봉이 가랑이 사이에 닿았다. 한번 해봤다고 여기까지 오는데 시간이 단축되었다.

자, 곧 끝낼 수 있다. 손에 힘을 풀면 몸이 기울고, 무거운 머리는 중심을 잃고 추락할 것이다. 나는 죽기 전 마지막으로 하늘을 올려다보았다. 어제 운동장에서 본 먹구름 낀 하늘이 마지막 낮 하늘이었구나. 있는지도 몰랐던 심장이 세차게 뛰기 시작했다. 곧 자신의 운명을 알아차린 것처럼.

지금이다. 몸의 중심을 밖으로 내던지자. 소변인지 고여 있던 빗물인지 모르겠는 액체가 가랑이 사이를 축축하게 적셨다. 나는 눈을 꼭 감은 채로 봉을 쥐고 있는 두 손에 힘이 빠지기를 기다렸다. 이 손을 놔야 하는데, 내 목숨을 놔버려야 하는데. 알면서도 나는 더 이상 진도를 나아갈 수 없었다.

턱관절이 뻐근할 정도로 어금니를 꽉 물고 난간을 놓으려 했지만, 그럴수록 더 손에 힘이 들어갈 뿐이었다. 왜 손을 놓지 못하는 것일까. 죄 많은 내 손은 그때 정말 잘라냈어야 했는지 모른다.

"준희 엄마!"

주춤거리던 찰나 남편이 귀신을 본 사람처럼 서 있었다.

"못 본 척해 줘."

나는 놀랄 만큼 침착한 목소리로 말했다. 그가 바라보고 있으니 진짜 바닥으로 떨어질 용기가 생긴 것 같았다.

"혜림아. 이러지 말자. 다시 생각해."

짧게 끊어지는 호흡에서 다급한 그의 마음이 느껴졌다.

"못 본 척하라고. 나 좀 죽게 놔둬!"

나는 몸을 던졌어야 할 허공을 보며 고함쳤다. 그는 대답이 없었다. 소리를 질러서인지 침을 삼키자 목 안이 따끔거렸다. 이것이 내가 죽기 전 마지막으로 느끼는 통증일 것이다.

"…그래. 그럼 같이 해."

"뭐?"

"같이 하자고. 혼자 남겨지느니 너 따라갈래. 같이 죽자."

그는 한 걸음 크게 걸었다. 그리고는 나와 같은 자세를 취했다. 남자의 체중이 더해지자 쇠 난간이 빼근한 소리를 내며 묵직하게 흔들렸다. 나는 봉을 비틀듯 힘주어 잡고 남편을 바라보았다. 그의 눈은 하늘인지 땅인지 모르는 곳을 향해 있었다.

“이런 순간을 상상해 본 적 있어.”

아무 울림이 없는 목소리였다. 듣는 것만으로도 비위를 상하게 하는 이상한 힘이 있었다. 일면식도 없던 사람들끼리 모여 함께 생을 마감하는 마음이 이해가 갔다.

“그런데 지금은 진짜 할 수 있을 것 같아. 당신이 있으니까.”

혼자서 연습이라도 해봤나? 남편의 행동에서는 부자연스러움이라는 건 없었다. 오히려 나보다 더 안정돼 보였다. 그도 경험해 보지 못한 죽음 앞인데 말이다.

“준비됐어?”

홀로 죽으려 할 때 나는 분명히 현실에 있었지만 남편과 함께 난간에 매달려 있는 지금은 꿈을 꾸는 것처럼 느껴졌다. 그에게 잡혀 있는 손도 내 살처럼 느껴지지 않았다. 진짜라고 느껴지는 건 난간을 붙잡고 있는 손도, 남편에게 잡혀 있는 손도, 철봉을 지지하고 서 있던 발도 아니었다. 함께 생을 마감할 동지를 만났음에도 말 한마디 떼지 못하는 혀뿐이었다. 이것만이 나의 것이었다.

"머리가 먼저 떨어지는 거야. 한 사람도 남지 않게."

겹쳐진 손가락 사이사이에서 끈적한 땀이 섞여 들어갔다. 지금이야말로 정말 내 삶의 마지막 장면이 될 것 같았다. 나는 마른침을 삼켰다.

"하나…."

이렇게 우리가 떨어지고 나면,

"…두울."

피에 흠뻑 젖은 부모의 몸뚱이를 아이는 어떤 표정으로 내려다볼까.

인생은 한발 앞서 가거나 뒤서 가며 내게 절망과 권태를 준다고 생각했다. 그런데 처음, 정말 처음으로 허공에 떠 있는 발 아래에 그동안 찾던 것이 달라붙었다. 분명히 느낄 수 있었다. 삶을 버리려는 순간, 나는 마침내 삶을 딛게 된 것이다.

"동규 씨!"

나는 남편의 이름을 불렀다.

*

누군가 나를 봤다면 한 마리의 짐승 같다 했을 것이다.

"동규 씨!"

나는 몸을 밖으로 내던지려 하는 그의 겨드랑이에 손을 넣고 집 안으로 힘껏 당겼다. 우리의 몸이 엉키며 타일 바닥으로 추락했다. 그 격한 움직임에 언제 말라 죽었는지도 몰랐던 화분이 쓰러지면서 마른 흙이 사방으로 튀었다. 입고 있던 잠옷, 타일 바닥, 끈적한 두피 기름 위에 고르게 퍼졌다. 바닥에 엉덩이를 내부딪힌 남편은 그대로 얼굴을 구겼다. 내 머리도 젖은 노면이 아닌 발코니에 내다 꽂혔다. 제일 먼저 닿은 골반이 얼얼했다.

"뭐 하는 거야?"

남편이 나를 보며 물었다. 글쎄 나야말로 묻고 싶은 걸. 되묻고 싶었지만 입을 다문다. 벌게진 남편의 눈이 시야에 들어왔다. 죽음에 가까워지면 감성적이 되는 건 나뿐만이 아니구나. 나는 괜한 것에 안도하고 있었지만, 남편은 죽으려던 사람이 뭘 하는 거냐 따지듯 물었다. 나는 진정하라고 말하려다 문득 내 꼴이 우스워졌다는 생각이 들었다. 준희 아빠도 갑자기 마음을 바꾼 내가 한심해 보인 게 분명했다. 나의 예상대로 죽고 싶은 마음이 그새 사라진 거냐며 몰아붙였다. 화가 난 그의 눈길에서 그가 나오기 전 정말 죽었어야 했나 싶었다.

"잠깐만."

시간을 번 사이 아무도 되짚어보지 않을 나의 일대기 앞 장을 펼쳐 보았다. 반 세기에 가까운 시간이었다. 나는 오점 없는 인간은 아니었다. 솔직하니까 인정할 수 있다. 그렇다고 구제불능도 아니었다. 처참한 일을 겪고 몇 번 머리가 어떻게 되었던 것을 빼면 좋은 기회도 많이 얻었고 그럭저럭 베풀고 살아왔다. 그렇게 살았던 나는 오늘 아침 남편과 머리가 터진 채로 누군가에게 발견될 것이다. 그게 나의 일생을 다룬 책의 마지막 장이다.

"이렇게는 아니야. 준희가 우리를 뭐라고 생각하겠어?"

나는 평상시 관심도 없던 나의 인생을 머릿속에서 책으로 만들고 있다는 걸 남편에게 말하지 않았다. 대신에 죽지 못하는 이유를 준희의 탓으로 돌리는 저급함을 그럴싸하게 포장했다.

"뭐라고?"

남편은 어이없다는 듯 되물었다. 말을 하는 나도 어이가 없는데 듣는 사람은 얼마나 황당할까. 나는 잘 알고 있었다. 표정과 말투로 무논리를 논리화할 때 남편이 나를 얼마나 미친 여자로 보는지도 마찬가지였다. 모든 걸 내 뜻대로 하지 않으면 안 되는 성질. 이럴 때마다 남편은 어떤 반응을 보일지 몰라 당황하는 듯 보였다. 연애를 할 때는 이런 남편의 행동을 즐겼지만 지금은 절대로 아니다.

그는 욕조 배수구 뚜껑이 제대로 닫혀 있었다면 이미 죽었을 거라 말했다. 나는 대놓고 아쉬워하지 못했다.

"발견하고 혀가 안 나와 있길래 일단 안심은 했어. 죽지는 않았구나, 나 혼자 남지 않았구나. 숨소리를 확인하고 소리도 못 내고 울었어. 당신이 깰까 봐."

어두운 탓에 남편의 얼굴에 무언가 범벅이 되어 있다는 것이 인지되었다. 한참 지나고 나서야 눈물과 콧물이 섞인 것이라는 걸 알았다.

"혼자 남겨지는 게 싫어. 혼자인 느낌도 싫고."

남편은 사춘기 여고생처럼 토라진 친구를 향해 원망을 터놓듯이 말했다. 억울했다. 나를 따돌리는 동료 교사들 앞에서도, 자기 말만 뱉기 바쁜 친구들에게도, 제 자식을 잃을 수 없다며 부르짖는 노모의 앞에서도 눌러 참은 말을 다른 사람의 입에서 듣게 될 줄은 몰랐다. 나는 이기적인 남자에게 넌덜머리가 났다. 나를 제외한 모든 인간에게 구역질이 났다.

"너무 외로워. 정말 외롭다고. 의지할 곳이 아무 데도 없어."

나는 일단 그의 말을 잠자코 들었다. 바깥에서 불어온 바람이 마주보고 앉아 있는 우리 사이의 빈 공간을 밀고 들어왔다.

"가뜩이나 힘들어서 기억을 지운 사람한테 내 마음을 말할 수 없었어. 언젠가 준희 준다고 과일을 깎아대는 당신을 보던 날 가슴이 콱 막히더라. 또 한편으로는 무서워졌어. 언제까지 준희가 살아 있는 연기를 해야 하는지 모르니까. 나한테 방법은 하나밖에 없더라고. 내 입으로 말을 못 하겠으니 당신 스스로 기억할 수 있도록 하는 게 최선이라고 생각했어. 이게 내가 당신 화장품 옆에 메모지를 올려놓은 이유야."

나는 입안에서 혀를 깨물었다. 벽을 기대고 앉은 남편이 얼굴을 적셨던 액체들을 닦아낸 뒤 크게 훌쩍였다.

"장례식에서 어떤 놈이 그러더라."

입을 꾹 다물고 살던 남편이 그동안 할 말이 많았나

보다. 이번에 하려는 말이 유언이 아니기를 바라며 나는 물었다.

"무슨 말?"

"애 사망신고를 꼭 한 달 안에 하래."

처음 듣는 말이었다. 그랬을 만한 인간들을 떠올려 보았다. 고향 친구 용수 씨? 목소리가 탁하고 이목구비가 조악스러워 가능성이 있다. 아니면 직장 동료일 수도 있다. 딱 한 명이 떠오른다. 이이의 사수였던, 지금은 상무가 된 자가 있다. 허영수. 이름처럼 허영이 들어 대리 시절부터 술만 마시면 임원이 되지 못하는 쓸모없는 인간은 되지 말자 하던 사내.

"씨발. 벌금을 낸대. 벌금을."

남편은 허탈하게 웃으며 마른세수를 했다. 나는 그게 무슨 뜻이냐고 물었다. 갑자기 듣게 된 욕설 때문도 아니고, 벌금이라는 단어를 몰라서도 아니었다. 봄과 여름이 오면 가을이 와야 하는데, 다시 봄이 올 거라는 완전히 틀린 말처럼 들렸다. 순서가 어긋나도 한참 어긋났고, 뭘 몰라도 한참 모르는 이방인의 문장 같았다.

“애 사망신고를 한 달 안에 안 하면 벌금을 낼 거니까 꼭 잊어버리지 말고 하래. 힘들다고 미루면 오만 원까지 낼 수 있으니까 장례식 끝나자마자 바로 하라더라. 하, 벌금? 오히려 세상이 우리한테 벌금을 내야 하는 거 아니야?”

나는 숨을 토하며 흙 묻은 손을 가슴 위에 올렸다.

“벌금이라니! 그 일이 우리가 원한 거야? 우리가 저지른 실수야? 어디서 그따위 법을 만들고, 또 누구한테 충고랍시고 내뱉어? 개새끼들이!”

체온이 떨어진 아이의 몸을 만진 순간부터 세상은 내게 완전히 신뢰할 수 없는 것이 되어버렸다. 그것만이 보이지도 않는 세상에 할 수 있는 유일한 배신이라고 생각했다. 남편에게 배신감을 준 건 지인의 충고와 제도, 그리고 벌금일 거란 생각이 들었다.

‘처 죽일 놈들.’ 나는 그 말을 했을 이의 면상을 떠올리며 속으로 중얼거렸다. 흐느끼는 그의 머리 위로 손이

저절로 향했다. 머리카락 위에 쌓인 흙먼지를 잠자코 털어주었다. 거무튀튀하고 끈적한 것들이 내 손에 달라붙었다. 그런데 이상하게도 이것들이 내 피부에 달라붙을수록 나는 잠이 올 것처럼 모든 게 편안해지고 있었다.

그를 향해 있는 나의 손이 내 마음을 쓰다듬어 주는 게 틀림없다. 그의 체취를 퍼뜨리며 비벼지는 머리카락이 내 손을 쓰다듬어 주는 것 같기도 했다. 남편을 향한 나의 위로. 이것은 내가 나를 향해 건네는 위로와 다름이 없게 느껴졌다. 이건 마치 같은 영혼을 가진 존재를 만난 것 같았다. 이미 흙이 다 떨어진 그의 머리칼이 손에 느껴졌지만 나는 이 신성한 행위를 멈추지 않았다. 멈출 수가 없었다.

“그런데 그거 알아? 조언이랍시고 그러던 새끼한테 난 조심히 집에 가라고 했어. 늦게까지 있어줘서 고맙다고. 나 같은 게 부모일까? 그래서 아이를 일찍 잃었나 봐. 자격이 없어서.”

나는 어깨를 떨며 오열하는 남편에게 당신은 괜찮은

아빠였어 라고 말했다. 나보다는 좋은 부모라는 것에는 처음부터 의심이 없었기 때문에 할 수 있는 말이었다.

가슴이 터질 듯 부풀어 오르고 유륜의 색이 보기 싫게 짙어져가는 게 싫었다. 그다지 예쁜 얼굴이 아닌 나는 세 모녀 중 가장 크고 예쁜 가슴을 갖고 있는 게 유일한 자랑거리였다. 결혼한 여자의 책임으로 하게 된 임신은 망가져가는 가슴을 보면서 실망스러운 것이 되었고 나는 틈이 날 때마다 비좁은 학교 화장실에 숨어 들어가 살이 트지 않게 예방하는 크림을 온몸에 발랐다.

막달이 다 돼서야 부랴부랴 유아용품을 사러 백화점으로 향했다. 우리는 팔짱을 끼고 엘리베이터 바로 옆 매장에서 준희의 배냇저고리를 골랐다. 허리가 끊어질 듯 아팠고 종아리와 발이 불편했으므로 빨리 집으로 돌아가고 싶었다. 나는 적당한 것을 고르자고 남편에게 말했다. 마침 그도 전날 폭음으로 몸 상태가 좋지 않아 그러자고 했다. 우리는 그 매장에서 직원이 추천해 주는 것들의 대부분을 구입해 나왔다. 쇼핑백은 거대했고, 여러 개였고, 응대를 해준 여인은 매장 밖까지 나와 순산하시라며 웃었다. 우리는 지하 주차장에 세워둔 남편의 차 트렁크에 쇼핑백들을 던져놓고 맨 꼭대기 층 중식당에서 점심을 먹었다. 남편이 계산을 하는 동안 화장실에 가려 의자에서 일어섰을 때 양수가 터졌다.

아직 가죽 냄새가 빠지지 않은 남편의 차 시트를 모두 적시며 혹 양수와 함께 아이가 빠져나올까 싶어 아래를 힘껏 조이고 병원까지 갔다. 자연분만을 하면 아이의 지능이 더 좋을 거란 소리에 무작정 그러겠다고 했었다. 좋은 부모가 될까 싶어서였다. 병원에 도착한 후 나는 내가 동의한 부분의 체크 표시가 전생의 일처럼 멀게 느껴졌다.

도착해서 수술대에 오르기까지의 상황은 나쁘지 않았지만 배를 가르고 나온 아이의 울음소리가 들리지 않았다. 아이가 드디어 세상 밖으로 나왔다는 벅찬 감동은 잠시. 의료진은 최대한 소리를 낮추며 행동했다. 산모 앞에서 다급함을 숨기려는 게 역력했다.

스포이트같이 생긴 손바닥만한 고무를 쥔 간호사가 뛰어오더니 급하게 소독을 해댔다. 건네받은 의사는 아직 탯줄도 끊지 않은 아이의 입에 그것을 쑤셔넣고 있는지 허우적거리는 팔 사이로 불순물을 내뱉는 벌건 아이가 스쳤다. 태어나자마자 생사의 기로에 서게 된 것이 내 탓인 것만 같아 미안함이 왈칵 목울대를 넘어왔다. 마침내 아이의 기침이 섞인 울음소리가 들렸다. 아이는 괜찮은가요? 나는 의사의 등에 대고 물었다. 대답을 기다리던 짧은 순간 처음 만났을 때 골반이 작아 애는 똑바로 낳겠냐며 면박을 주던 시부모의 얼굴이 떠올랐다. 아이가 찢고 나온 흔적이 배에 흉하게 남을까 두려웠다. 그리고 감각이 돌아오면 앉아 있기 힘들 거란 말을 기억해냈다. 뽀얀 젖이 나오는 몸을 받치고 있는 아물지 않은 상처 사이로 검붉은 오로를 받아내야 한다는 말도 함께였다. 아이를 품에 안아보기도 전, 나는 기쁨과 괴로움 중 어느 것에도 가볍게 섞이지 못하는 감정에 둘러싸이고 말았다.

“혜림아… 준희 엄마야.”

남편은 앉은 채로 두 다리를 질질 끌며 내게 다가왔다. 나의 추악함을 조용히 열거하고 있던 나는 그의 가슴팍에 얼굴을 묻었다. 남편의 품과 나의 몸은 꼭 들어맞는 퍼즐 같았다. 이런 느낌은 처음이라 당혹스러웠다. 나는 소리를 내지 않으려 이를 악물고 흐느꼈다. 아이를 보내고 난 뒤에 그에게 냉정한 인간이라며 얼마나 이를 갈았는지 모른다. 카페 일이 눈에 들어오냐며 매일 밤 전쟁이었다. ‘먹고는 살아야지’가 그의 유일한 항변이었다.

그동안 인간 이동규를 움직인 건 무엇이었을까. 분노. 내 영혼을 괴사시키고 있는 슬픔이 그에게는 그를 움직이게 하는 분노로 변했던 것일까.

“슬픔이 지나간다고 생각해?”

나는 오래된 질문을 그에게 던졌다. 그동안 오직 나에게만 던진 물음이라 독백을 늘어놓는 것 같았다.

“…아니. 언제나 옆에 있지.”

남편은 뜸을 들이며 대답했다. 한 글자씩 뱉는데 일정

한 온도와 압력이 있었다. 그도 나와 같이 오랫동안 품어온 질문이란 걸 짐작할 수 있었다. 나는 그의 얼굴을 보려 고개를 들었다. 이제는 듬성듬성 하얗게 자라나고 있는 턱수염이 내 이마에 닿았다. 그는 죽지 않는 것도 사는 방법이라며 다시는 자살을 생각지도 말아 달라고 애걸했다. 나는 남편의 시선을 외면하며 오늘 새벽 뛰어내리려 했던 밖을 내다보았다.

"응? 대답해."

뛰어내리려던 그를 막은 게 나였음에도 확답을 주지 못했다. 대신 또 기억을 스스로 지우면 어떻게 하냐고 물었다.

"어떻게 하긴 뭘 어떻게 해. 그것도 당신인데."

그는 아기에게 젖을 먹이려는 엄마처럼 나를 안아 들더니 자신의 심장에 내 귀를 대게 했다. 그리고 나의 반대쪽 귀에 입술을 가져다 댔다.

"당신이 있으면 나는 버틸 수 있을 것 같아."

나에게 돌아선 줄 알았던 무리 중 유일하게 나를 보고

있던 사람. 내가 군중에게 등을 보인 후에도 나를 기다려 준 사람. 나는 끈질기게 그를 외면해 왔던 것이다.

나는 남편의 눈동자를 정독하듯이 바라보았다. 더듬거리며 찾은 그의 손에 나의 손을 올렸다.

어느새 동살이 우리를 포함해 온 세상을 푸르게 덮고 있었다. 더러워진 발코니와 우리의 얼굴, 열린 미닫이문 사이로 보이는 침실에도 파란빛이 내려앉아 있었다.

언제부터 어둠이 사라진 걸까. 곧 얼마나 많은 햇발을 퍼뜨리려 그 어둠을 몰아낸 걸까.

매일 아침, 해가 나를 만나기 위해 지나온 별들의 길을 알지 못한다. 다만 내가 알고 있는 것은 낮과 밤의 경계에는 새벽이 있고, 태양은 새벽의 길이와 관계없이 언제나 우리를 찾아온다는 것이다.

나는 동규의 심장에 귀를 더 가깝게 댔다. 깊은 곳에서 시작된 울림이 체온이 내려간 내 몸을 어루만져 주고 있었다. 앞으로도 이 울림은 내 옆에 있을 것이다. 지금 내 몸에서 시작된 이 작은 진동과 함께.